大唐狄公探案全译
高罗佩绣像本

大唐狄公探案全译·高罗佩绣像本

黄禄善 / 主编

紫云寺奇案

THE PHANTOM OF THE TEMPLE

〔荷兰〕

高罗佩 / 著

By Robert Van Gulik

颜朝霞 / 译

山西出版传媒集团　北岳文艺出版社

BEIYUE LITERATURE & ART PUBLISHING HOUSE

- 太原 -

图书在版编目（CIP）数据

紫云寺奇案 /（荷）高罗佩著；颜朝霞译 . — 太原：
北岳文艺出版社，2018.1(2018.9 重印）

（大唐狄公探案全译：高罗佩绣像本 / 黄禄善主编）
ISBN 978-7-5378-5472-6

Ⅰ . ①紫… Ⅱ . ①高… ②颜… Ⅲ . ①侦探小说－荷
兰－现代 Ⅳ . ① I563.45

中国版本图书馆 CIP 数据核字 (2017) 第 299825 号

书名：**紫云寺奇案**　　　策　划：续小强　　　责任编辑：马峻
著者：〔荷〕高罗佩　　项目统筹：贾晋仁　　书籍设计：张永文
译者：颜朝霞　　　　　　　　　　庞咏平　　　印装监制：巩璠

出版发行：山西出版传媒集团·北岳文艺出版社
地址：山西省太原市并州南路 57 号　邮编：030012
电话：0351-5628696（发行部）0351-5628688（总编室）　传真：0351-5628680
网址：http://www.bywy.com　E-mail：bywycbs@163.com
经销商：新华书店　承印者：山西人民印刷有限责任公司
开本：890mm×1240mm　1/32　字数：156 千字
印张：7.25　版次：2018 年 1 月第 1 版　印次：2018 年 9 月山西第 2 次印刷
书号：ISBN 978-7-5378-5472-6
定价：29.80 元

　　《狄公案》是中国众多公案小说之一种，但是，随着高罗佩20世纪40年代对《武则天四大奇案》的译介以及之后"狄公探案小说系列"的成功出版，"狄公"这一形象不仅风靡西方世界，也使中国读者看到"中国古代犯罪小说中蕴含着大量可供发展为侦探小说和神秘故事的原始素材"，认识到"神探狄仁杰"，"虽未有指纹摄影以及其他新学之技，其访案之细、破案之神，却不亚于福尔摩斯也"。在西方对中国总体评价趋于负面的20世纪50年代，"狄公探案小说"不仅满足了普通西方读者了解古代中国社会生活的愿望，也在一定程度上让西方世界重新认识了传统中国，扭转了西方人眼中古代中国"落后""野蛮"的印象。从这个意义上来看，高罗佩对传播中国文化着实做出了很大的贡献，因此学界给予他很高的评价，将其与理雅各、伯希和、高本汉、李约瑟等知名学者并列为"华风西渐"的代表人士。

　　高罗佩是20世纪最为著名的汉学家之一，其语言天赋惊人，汉学造诣"在现代中国人之中亦属罕有"。高罗佩"狄公探案小说"的背景是久远的初唐社会，但讲述方式却是现代的，中国传统文化被润化在小说的情境中，服饰、器物、绘画、雕塑、建筑等中国元素以及其中所蕴含的中国文化，在不经意间缓缓流动着，构成一幅丰富多彩的中国图画，没有丝毫的隔膜感。小说创作的灵感来源于公案小说，但叙事却完全是西方推理小说的叙事。在整个案件的推演、勘察过程中，读者一直是不自觉地被带入情境中，抽丝剥茧，直到最终找出答案。这种互动式、体验式的交流方式，是高罗佩探案小说的成功之处，也是至今仍为广大读者喜爱的原因之一。

为了让读者能原汁原味地读到高罗佩"狄公探案小说"，体味到高罗佩笔下的中国文化和社会，我社邀请著名西方通俗文学研究大家黄禄善教授组织翻译了这套"大唐狄公探案全译·高罗佩绣像本"，以飨读者。

我社推出的"大唐狄公探案全译·高罗佩绣像本"以忠实原著为原则，译文更贴近于读者的阅读习惯，且完整保留了高罗佩探案小说创作的脉络，力图打造一套完整的"高罗佩探案小说"全译本。

"大唐狄公探案全译·高罗佩绣像本"共计十六册（包括十四部长篇，两部中篇，八部短篇），其中收入了高罗佩手绘的地图及小说插图一百八十余幅。书中的插图仿照的是16世纪版画的风格特点，特别是明代《列女传》中的形象。因此，插图中人物的服饰以及风俗习惯均反映的是明代特征，而非唐代。此外，小说中涉及大量唐代官职、古代地名等信息，虽经译者考证并谨慎给出译名，但仍有存疑之处，敬请方家指正。

愿我们的这些努力，能使这套"大唐狄公探案全译·高罗佩绣像本"成为喜爱高罗佩的读者们所追寻的珍藏版本。

北岳文艺出版社

2018年1月

一

20世纪与21世纪之交，西方通俗文学界一个令人瞩目的现象是历史侦探小说（historical detective fiction）的崛起。当时西方的许多主流媒体，如《纽约时报》《华尔街日报》《泰晤士报》《卫报》等等，连篇累牍地报道这类小说获奖的信息，有关小说的介绍、评论汗牛充栋。这些获奖作品的背景多半设置在一个历史久远的年代，中心情节是破解一个与谋杀有关的谜案，作者大都为历史学、考古学的专业人士，爱好文学创作。譬如保罗·多尔蒂（Paul Doherty，1946—），当代英国著名历史学家，20世纪80年代末开始历史侦探小说创作，迄今已出版了八十多部以古希腊、古罗马、古埃及和中世纪英格兰为背景的侦探小说，其中《叛逆的幽灵》（*The Treason of the Ghosts*）被《泰晤士报》列为2000年最佳犯罪小说。又如琳达·罗宾逊（Lynda Robinson，1951—），毕业于得克萨斯大学考古专业，擅长中东史和美国史研究，后在丈夫的鼓励下进行历史侦探小说创作，处女作《死神谋杀案》（*Murder in the Place of Anubis*，1994）一问世即荣登"纽约时报畅销书排行榜"，接下来的十多本小说也一版再版，畅销不衰。再如加里·科比（Gary Corby, 1963—），澳大利亚历史侦探小说创作新秀，尽管作品数量不算太多，但已是2008年"柯南·道尔奖"得主，2010年问世的《伯里克利政体》（*The Pericles Commission*）又获"内德·凯利奖"（Ned Kelly Award）。凡此种种，正如《出版人周刊》2010年一篇评论所指出的："过去的十年目睹了历史侦探小说的数量和质量的爆炸。以前从未有过如此多的天才作家出版如此多的历史侦探小说，作品涵盖的历史年代和案发地点也从未如此宽泛。"[1]

不过，西方历史侦探小说的诞生并非从这个世纪之交开始。早在1911年，在美国作家梅尔维尔·波斯特（Melville Post, 1869—1930）的短篇小说《上帝的天使》（*The Angel of the Lord*），就出现过一个历史年代的业余侦探"阿布勒大叔"（Uncle Abner）；他生活在古老的弗吉尼亚边疆，是个牧场工人，和蔼、睿智的中年人，依靠圣经的道德标准和美国的法律精神破案。《上帝的天使》很快被扩充为拥有二十六个故事的侦探小说集《阿布勒大叔：破案高手》（*Uncle Abner, Master Mysteries*, 1918）。到了1943年，美国作家利莲·托雷（Lillian de la Torre, 1902—1993）又发表了以历史人物塞缪尔·约翰逊（Samuel Johnson）为侦探主角的短篇小说《英格兰国玺》（*The Great Seal of England*），她同样将该短篇小说扩充为有多个故事的侦探小说集《萨姆博士：约翰逊侦探》（*Dr. Sam: Johnson, Detector*, 1948）。在这之后，西方目睹了历史侦探小说的高速发展。一方面，英国作家阿加莎·克里斯蒂（Agatha Christie, 1890—1976）出版了古埃及背景的长

1　Lenny Picker. *Mysteries of History*, Publishers Weekly, March 3, 2010.

篇历史侦探小说《死亡终局》（*Death Comes as the End*, 1944）；另一方面，美国作家约翰·卡尔（John Carr, 1906—1977）又出版了拿破仑战争题材的长篇历史侦探小说《狱中新娘》（*The Bride of Newgate*, 1950）；与此同时，荷兰外交家、汉学家、收藏家、作家高罗佩（Robert van Gulik, 1910—1967）还推出了基于中国公案小说传统的系列历史侦探小说"狄公探案"（*Judge Dee series*）。这些单本的、系列的历史侦探小说的问世，为当代西方历史侦探小说的全面崛起做了有益的铺垫，尤其是"狄公探案"，采用长、中、短三种小说形式，数量多达十六卷，在东、西方均产生了持久的轰动效应，被认为是早期西方历史侦探小说的成功"范例"。[1]

　　"狄公探案"系列历史侦探小说始于1949年高罗佩的一本中国公案小说译作《狄公断案精粹》（*Celebrated Cases of Judge Dee*）。故事的侦探主角狄公（Judge Dee）在中国历史上实有其人。他名叫狄仁杰，生活在唐朝（618—907），一生为官，两次出任宰相，是所谓的青天大老爷。有关他廉洁自律、为民请命、秉公办案的故事很早就在民间流传。到了清朝末年，一位无名氏将这些民间故事整理成长篇公案小说《武则天四大奇案》（亦名《狄公案》或《狄梁公四大奇案》）。高罗佩在中国任外交官期间，对该书产生了浓厚的兴趣。他在进行了详细考据之后，将其中基本符合西方侦探小说传统的前三十回翻译成英文出版。之后，又亲自出马，尝试创作了以狄公为侦探主角的历史侦探小说《迷宫奇案》（*The Chinese Maze Murders*, 1952）。该历史侦探小说出版后，居然是本畅销书。从此，高罗佩一发不可收拾，先后接受芝加哥

1　Carl Rollyson. *Critical Survey of Mystery and Detective Fiction*, Revised Edition. Salem Press, INC, printed in USA, 2008, p.1783.

大学出版社及其他图书出版公司的稿约，继续创作了十五卷狄公案历史侦探小说。它们是：《铜钟谜案》（*The Chinese Bell Murders*, 1958）、《黄金谜案》（*The Chinese Gold Murder*, 1959）、《湖滨谜案》（*The Chinese Lake Murders*, 1960）、《铁针谜案》（*The Chinese Nail Murders*, 1961）、《红阁子奇案》（*The Red Pavilion*, 1964）、《朝云观奇案》（*The Haunted Monastery*, 1961）、《御珠奇案》（*The Emperor's Pearl*, 1963）、《漆画屏风奇案》（*The Lacquer Screen*, 1962）、《晨猴·暮虎》（*The Monkey and the Tiger*, 1965）、《柳园图奇案》（*The Willow Pattern*, 1965）、《广州谜案》（*Murder in Canton*, 1966）、《紫云寺奇案》（*The Phantom of the Temple*, 1966）、《太子棺奇案》（*Judge Dee at Work*, 1967）、《项链·葫芦》（*Necklace and Calabash*, 1967）、《黑狐奇案》（*Poets and Murder*, 1968）。这些"奇案""谜案"也全是畅销书，不断再版、重印，直至2014年，还有麦克法兰图书出版公司（McFarland）的新版本出现。

与此同时，"狄公探案"系列小说的影响又渐渐从美国、英国、加拿大、澳大利亚、新西兰延伸到法国、德国、西班牙、荷兰、瑞典、芬兰、日本和中国。1982年，甘肃人民出版社率先在中国推出了陈来元、胡明翻译的《四漆屏》（*The Lacquer Screen*）。紧接着，中原农民出版社、北方妇女儿童出版社、北岳文艺出版社、中国电影出版社、海南出版社、贵州大学出版社也各自推出了这样那样的狄公案全译本和节译本。各种各样的续集、改写本也不断涌现。"狄公探案"被多次搬上银幕，仅在中国大陆，就有电影《血溅画屏》（1986）、《恐怖夜》（1988）、《奇屏谜案》（2009），电视连续剧《狄仁杰断案传奇》（64集，1986）、《神探狄仁杰Ⅰ》（30集，2004）、《神探狄仁杰

Ⅱ》（40集，2006）、《神探狄仁杰Ⅲ》（48集，2008）、《神探狄仁杰Ⅳ》（50集，2013）。

二

作为早期西方历史侦探小说创作的一个成功范例，"狄公探案"小说系列展示了这一小说类型的诸多特征。首先，它是侦探小说，遵循侦探小说之父爱伦·坡（Allan Poe, 1809—1849）的"破案解谜六步曲"，亦即介绍侦探、展示犯罪线索、调查案情、公布调查结果、解释案情发生的原因和经过、罪犯的服输和认罪。其次，它又是历史小说，涵盖了历史小说之父沃尔特·司各特（Walter Scott, 1771—1832）所创立的大部分市场要素，如异国情调、哥特式气氛、英雄主义、骑士精神等等。而且，其作者本人，也像上面提到的许多当代历史侦探小说的作者一样，是个精通历史学、考古学的专业人士，只不过专业研究的对象，并非众人趋之若鹜的古希腊、古罗马或中世纪欧洲文明，而是当时并不被看好且有点冷僻的东方语言文化。

高罗佩，原名罗伯特·范·古利克，1910年8月9日生于荷兰聚特芬（Zutphen）。父亲是个医生，曾先后两次在荷属东印度（Netherland East Indies, 今印度尼西亚）服役。自小，高罗佩随父母侨居在殖民地，在当地学习汉语、爪哇语和马来语，由此对亚洲文化，尤其是中国文化产生了浓厚的兴趣。1923年，父亲退役后，高罗佩随全家回到荷兰，定居在奈梅亨（Nijmegen）。1929年，高罗佩从奈梅亨市立中学毕业，入读莱顿大学，主修东方殖民法律和（荷属东）印度学，以及中日语言文学，后又到乌特勒支大学深造，学习现当代中国史以及藏文和梵文，并以论文《马头明王诸说源流考》（*Hayagriva, the Mantrayanic Aspect of Horse-cult in China and Japan*）获得东方语言学博士学位。高罗佩的语言才能和专业知识很快得到回报。1935年，他被荷兰外交部录用为助理翻译，并被派驻东京，任荷兰驻日公使馆二等秘书。1941年，太平洋战争爆发，荷兰成为日本的对立面，高罗佩与其他同盟国的外交人员一道被遣离日本。1943年3月，他从印度加尔各答来到中国重庆，与那里的荷兰使馆人员会合，出任荷兰政府驻重庆大使馆一等秘书。其间，他结识了同在大使馆秘书处工作的中国名媛水世芳，两人结为伉俪，先后育有三子一女。战争结束后，高罗佩离开中国回到海牙，出任荷兰外交部政务司远东处处长，一年后又去了美国，任荷兰驻美使馆顾问。1948年，他被任命为荷兰驻日本东京军事代表处顾问，1951年又离开东京前往新德里，任荷兰驻印度大使馆文化参赞。1953年，他再次被召回，任外交部中东暨非洲事务司司长。1956年至1959年，高罗佩担任荷兰驻黎巴嫩全权代表，1959年至1962年又担任荷兰驻马来西亚大使。1965年，他作为驻日大使第三次被派驻东京。任上，他被诊断出患了肺癌，不得不返国治病。1967年9月24日，他在海牙辞世，享年五十七岁。

高罗佩一生以外交官为职业，辗转海牙、东京、重庆、南京、华盛顿、新德里、贝鲁特、吉隆坡等地，工作异常繁忙。尽管如此，他还是不忘初衷，挤出时间从事自己所喜爱的东方语言文化研究。他的研究兴趣很广，琴棋书画、小说戏曲无所不包，而且成果颇丰，几乎每隔一至两年就出版一本书。1941年由日本上智大学出版的《琴道》（*The Lore of the Chinese Lute*）是西方第一本系统介绍中国古琴的专著。在书中，高罗佩基于大量中国古代文献，对中国古琴的起源和特征、琴人的心境和原则、琴曲的意义和内涵、演奏的象征和意象，做了详尽的论述。而1944年在重庆出版的《明末义僧东皋禅师集刊》（Collected Writings of the Ch'an Master Tung-kao, a Loyal Monk of the End of the Ming Period），则是一部填补中国佛学史空白的开山之作。该书成书时间长达七年，期间高罗佩遍访中日名刹古寺、博物馆院，共觅得东皋禅师遗著和遗物三百余件。1958年，他耗时十余年完成的《书画鉴赏汇编》（Chinese Pictorial Art as Viewed by the Connoisseur）又在罗马远东研究社出版。全书内容分两部分，前一部分泛论中日屋宇的式样、书画的悬挂方法以及装裱技术的衍变，后一部分讲述毛笔的构造、墨的制作、纸绢的特质、书画真赝的鉴别，堪称一部东方艺术鉴赏大全。

不过，高罗佩的最大学术成就当属中国古代性文化研究。1949年，因日文版《迷宫奇案》的一幅封面裸体插图，高罗佩开始对中国古代性文化产生兴趣。他广集史料，探幽索隐，费尽周折收集历朝历代春宫画册，又参阅了一系列的明末情色禁书，终于辑成了中国古代性文化的拓荒之作《秘戏图考》（Erotic Colour Prints of the Ming Period, 1951）。该书共分三卷。卷一《秘戏图考》是正文，用英语写成，分"上""中""下"三篇，讨论了自公元前226年至公元1664年中国历代王朝与性有关的历史文献、春宫画简史以及他所收藏的《花营锦阵》对题跋文字的注释和翻译，并附有"中国性术语"和"索引"。卷二《秘书十种》系中文卷，收录了卷一所引用的重要中文参考文献，包括《洞玄子》《房内记》《房中补益》《天地阴阳交欢大乐赋》《某氏家训》《纯阳演正孚佑帝君既济真经》《紫金光耀大仙修真演义》《素女妙论》以及《风流绝畅图》题词和《花营锦阵》题词。卷后有附录，分乾（旧籍选录）和坤（说部撮抄）两部分，所录各项均为极其珍贵的中国古代性文化研究资料。卷三《花营锦阵》影印了他所收藏的《花营锦阵》的所有春宫画，外加所题艳词。在这之后，高罗佩继续中国古代性文化研究，且时有新的发现，适逢荷兰图书出版商建议他撰写一部面向更多西方读者的中国古代性文化著作，于是便有了洋洋数十万言的《中国古代房内考》（*Sexual Life in Ancient China*, 1961）的问世。相比《秘戏图考》，该书的社会文化史研究气息更浓，且内容上有增补，还更新了许多旧的译文，添加了许多新的引文；观点上有修正，尤其是强调爱情的高尚意义，反对过分突出纯肉欲之爱。直至今日，该书仍是东西方性学家了解中国古代性文化的重要参考文献。

三

正是以上历史学、考古学方面的惊人成就，让高罗佩发现了《武则天四大奇案》等中国公案小说的价值，并选择性地翻译、出版了《狄公断案精粹》。在该书的"译者前言"，高罗佩指出，多年来西方读者所理解的中国侦探小说，无论是厄尔·比格斯（Earl Biggers, 1884—1933）的"查理·张"系列小说（*Charlie Chang series*），还是萨克斯·罗默（Sax Rohmer, 1883—1959）的"傅满洲系列小说"（*Fu Manchu series*），其实都是"误判"。真正的中国侦探小说是《武则天四大奇案》之类的中国公案小说。这类小说早在1600年就已经存在，时间要比爱伦·坡"发明"侦探小说的年代，或者柯南·道尔（Conan Doyle, 1859—1930）"打造"福尔摩斯的年代，早出几个世纪。而且这类小说多有特色，主题之丰富，情节之复杂，结构之缜密，即便是按照西方的标准，也毫不逊色。然而，由于一些文化传统的原因，迄今这类小说不为广大西方读者所知。他呼吁西方侦探小说作家应该关注这一被遗忘的角落，积极改写或创作以中国古代清官断案为主要内容的侦探小说。[1]鉴于和者甚寡，1950年，他亲自操刀，尝试创作了以狄公为侦探主角的《迷宫奇案》，以后又费时十七年，将其扩展为一个有着十六卷之多的狄公探案系列。

而且，也正是以上历史学、考古学的惊人成就，让高罗佩在创作这十六卷狄公案时有意无意地融入了较多的中国古代文化元素。"漆画屏风""柳园图""朝云观""紫云寺""红阁子"，这些书名关键词本身就是一幅幅色彩斑斓的风俗画，给西方读者以丰富的中国古代文明想象；而小说中的许多故事场景，如"迷宫""花亭""半月街""桂园""乐苑""黑狐祠""白娘娘庙""罗县令府邸"，也无疑是一道道风味独特的精神大餐，令西方读者一窥东方建筑。此外，还有许多与案情有关的主题物件，如竖琴、棋谱、毛笔、画轴、香炉、算盘、绢帕，也不啻一件件极其珍稀的古文物展示，勾起了西方读者对中国传统文化的无限向往。

当然最值得一提的是，"狄公探案"蕴含的道家思想和诗化手段。在《迷宫奇案》，故事刚一开始，高罗佩就描绘了一个仙风道骨的太原府狄公后裔。他头戴黑纱高帽，身穿宽袖长袍，胸前白髯飘拂，举止谈吐不凡。正是他，讲述了狄公当年在兰坊县任上所破解的三桩命案。之后，故事套故事，小说中又出现了一个鹤发童颜、双唇丹红、目光敏锐

---

1 *Celebrated Cases of Judge Dee: An Authentic Eighteenth-Century Chinese Detective Novel*, Translated and With an Introduction and with Notes by Robert van Gulik, Dover Publications, Inc, New York, 1976, pp. i-v.

的道家隐士，他于狄公断案百思不得其解之际指点迷津。由此，狄公锁定了余氏财产争夺案的真正凶犯。同样高贵、脱俗、飘逸的道家隐士还有《项链·葫芦》中的葫芦老道。同传说中的道家神仙张果老一样，他骑着一头长耳老驴，鞍座后面用红缨带拴着一个大葫芦。小说伊始，在松树林，他不期而至，给不慎迷失方向的狄公指路。接下来，还是在松树林，他协助狄公击退了凶狠歹徒的袭击，让狄公得以完成公主的重托。末了，依旧在松树林，他再遇狄公，自报真名，细述身世，并赠予其大葫芦，然后语重心长地留下嘱咐："大人，现在您最好把我忘了，免得将来还会想起我。虽说对于未知者，我只是一面铜镜，会让他们撞头；但对于知情者，我是一个过道，进出之后便了事。"[1]

显然，高罗佩在暗示读者，狄公之所以能屡破奇案，是因为有"高人"相助，而这"高人"并非别的，乃是他所信奉的"清静无为""顺应天道""逍遥齐物"的老庄哲学。事实上，现实生活中的高罗佩也是一个老庄哲学推崇者。在《琴道》的"后序"，高罗佩曾经谈到自己的抚琴体会，认为其秘诀在于遵循老子说的"去彼取此，蝉蜕尘埃之中，优游忽荒之表，亦取其适而已"[2]。接下来的正文，他进一步明确指出："我认为道家思想对琴道衍变有决定性的优势，或者说，虽然琴道的产生及基本观念源于儒家，但内涵却是典型的道家。"[3]此外，在《中国古代房内考》中高罗佩也有类似的说法："道家从自己与自然的原始力量和谐共处的信念中得出合理结论，并固定下来，称之为道。他们认为人

---

1 Robert van Gulik. *Necklace and calabash*. University of Chicago Press, Chicago, 1992, p. 92.

2 Robert van Gulik.*The Lore of the Chinese Lute: An Essay in the Ideology of the Ch'in*.Sophia University, Tokyo, 1941, pp. xiii.

3 Ibid, p. 49.

类的大部分活动，都是人为的，只起到疏远人和自然的作用，由此产生非自然的、人工的人类社会，以及家庭、国家、各种礼仪、专横的善恶区分。他们提倡回复到原始质朴，回复到一个长寿、幸福、没有善恶的黄金时代。"[1]

如果说，在狄公案中，道家思想是高罗佩欲以推崇的精神食粮和破案利器，那么效仿唐代传奇小说和明清章回小说，对小说故事情节做诗化处理，便是他编织案情的重要手段。这种诗化手段，在狄公案前期问世的一些卷册，如《迷宫奇案》《铜钟谜案》《黄金谜案》《湖滨谜案》，主要表现在每章有两句对仗工整的诗歌标题，以及正文起首插有几句韵味十足的题诗。前者起着点明全章主要内容的作用，而后者往往也从作者的视角，感叹世事人生、因果报应，同时赞誉清官替天行道、为民申冤，与正文叙述有着某种唱和的效应。如《黄金谜案》第三章诗歌标题"入县衙主簿慌张，闯后园狄公受惊"[2]，概括了该章主要描写狄公一行四人进了蓬莱县衙，并着手调查前任县令遇害案；而《湖滨谜案》题诗"神笔录尽人间事，万物皆有源与头；无奈凡夫灵犀欠，不谙其意枉自愁。公堂端坐父母官，生杀之权大如天；倘若心少浩然气，草菅人命臭人间"[3]，也以极其简练的语言，歌咏了天下之大，无奇不有，法网恢恢，疏而不漏，为民父母，除害雪冤，从而有效地呼应、烘托了

---

1 Robert van Gulik. *Sexual Life in Ancient China: A Preliminary Survey of Chinese Sex and Society from Ca. 1500 B. C. till 1644 A. D.*Leiden, E. J. Brill, 1974, pp. 42-43.

2 Robert van Gulik.*The Chinese Gold Murders: A Judge Dee Detective Story.* Perennial, An Imprint of Harper Collins Publishers, New York, 2004, p. 20.

3 Robert van Gulik. *The Chinese Maze Murders: a Chinese detective story suggested by three original ancient Chinese plots.* The University of Chicago Press, Chicago, 1997, p. 1.

小说主题。狄公案后期问世的一些卷册，如《漆画屏风奇案》《御珠奇案》《紫云寺奇案》《黑狐奇案》，尽管考虑到西方读者的持续接受程度，不再有如此诗化形式，但仍出现了相当数量的对仗工整、韵味十足的诗歌。这些诗歌多半与案情相互交织，成为案情侦破的关键。以《漆画屏风奇案》为例，在正文第十一章，狄公偕竹香去地下的妓院暗访，看见床壁上贴有一首七言绝句，并从前后两句的字迹，推测是年轻画家冷德和滕夫人银莲合写，也据此断定此前滕知县所说"生死伉俪"完全是编造的。一个由婚姻不幸导致妻子出轨、继而被杀的复杂命案终于大白于天下。

四

然而，高罗佩并非不分良莠、一味地融入中国古代文化元素。也还是在他的《狄公断案精粹》的"译者前言"，高罗佩总结了《武则天四大奇案》等中国古代公案小说的五大"弊端"。首先，小说伊始即介绍罪犯，细述犯罪的经过和动机，从而丧失了故事基本悬念。其次，崇尚神鬼等超自然力量，法官能潜入冥王地府与受害者对话，动物、炊具也能上法庭做证。再有，故事冗长，情节拖沓，动辄数十章，甚至数百章。再有，出场人物过多，难以分清主次、理清线索。最后，惩罚罪犯过分，残忍地诉诸暴力。[1]

---

1 *Celebrated Cases of Judge Dee: An Authentic Eighteenth-Century Chinese Detective Novel*, Translated and With an Introduction and with Notes by Robert van Gulik, Dover Publications, Inc, New York, 1976, pp. ii-iv.

以上"弊端"，高罗佩在创作狄公案时已经剔除。整个谋篇布局，仍沿用西方古典式侦探小说的创作模式，并突出运用了许多行之有效的创作技巧。譬如阿加莎·克里斯蒂式的"高度悬疑"，几乎每卷都有这样的设置。典型的有《紫云寺奇案》，故事一开始，读者就被置于紧张的悬疑之中而不能自拔。漆黑的寺庙外，隐约现出一块溅洒鲜血的石头；一对男女鬼鬼祟祟，借着微弱的灯笼光线朝井边拖拽尸体。他们是谁？为何要弃尸古井？被害者又是谁？但未等读者找出答案，新的悬疑接踵而至。从古董店买来贺寿的紫檀木盒，莫名其妙地留有求救纸片。一夜之间，国库五十锭金变成一堆铅条。而原本是两个无赖之间的争斗命案，凶手却要费事地剁下受害者的头颅？并且，狄公的得力助手两次险遭杀害，衙役们已是一死一重伤。直至最后，罪犯一一被擒获，狄公细述案情，所有谜团解开，读者才恍然大悟。原来百年寺庙早已成了藏污纳垢之地。而《朝云观奇案》的悬疑设置更有特色，整个故事情节集中在一个密闭时空，命案迭起，案中有案。狂风暴雨夜，狄公一行人前往百年道观借宿。倏忽间，对面塔楼现出一男与一残臂裸女相搂的身影。此前，已有三个年轻女子在那里蹊跷身亡。紧接着，戏班子又有伶人"假戏真做"，险些酿成大祸。狄公循迹调查，又遭人暗算。更不可思议的是，众目睽睽之下，前任住持玉镜讲道时突然"仙逝"。之后，现任住持真智又坠楼暴毙。种种蛛丝马迹，指向道观一个辞官修道的孙太傅。然而他为何要谋害数条人命？又能否逃脱法律制裁？如此悬疑，一直持续到小说结束。

又如柯南·道尔式的"科学探案"，这一技巧的运用集中体现在小说主要人物形象的提升和重塑。在高罗佩的笔下，狄公已经不单是那个为政清廉、刚正不阿、体恤民生，只凭聪明才智断案的青天大老爷，而是融博学、勤政、亲民于一身，依靠仔细调查和缜密推理破案的"科学"神探。他手下的几个随从，马荣、乔泰、陶干和洪亮，也一改"四肢发达、头脑简单"的性格描写窠臼，变成有血有肉、智勇兼备的破案搭档。作为一方父母官，狄公不但熟悉辖区具体政务，还擅长同各种各样的人打交道，了解他们的喜怒哀乐和实际需求。尤其是，他深谙犯罪心理学，勤于现场勘查，善于从蛛丝马迹中寻找破案线索，并层层剥茧抽丝，缜密推理。在《漆画屏风奇案》第五章，高罗佩以十分细腻的笔触，描述了狄公如何在沼泽地查看一具女尸的情景：

> 狄公重新掀开裹盖女尸的袍服。除了那袍服外，女尸一丝不挂，一把短剑从左侧乳房直插胸部，露出剑柄。剑柄周围有一摊干涸的血。他继而细看那剑柄，发现质地为白银，上面镂刻了美丽的花纹，不过年代已久，呈现出黑色。他断定，这把短剑是一件稀世古董，只因那个乞丐不识货，在盗窃耳环和手镯的时候，没有将它拔出带走。他摸了摸那只乳房，表面冷而黏湿，接着又抬起她的一只胳膊，觉得还有弹性。看来，这个女人被害的时间不过几个时辰。他想着，这安详的神态，简便的发型，裸露的胴体，赤裸的双脚，都说明她是在床上熟睡时被害的。[1]

这段描写，与柯南·道尔在《巴斯克维尔的猎犬》中描述福尔摩斯现场勘察爵士死因简直有异曲同工之妙。不过，高罗佩没有无限拔高狄公，

---

1 Robert van Gulik. *The Lacquer Screen: a Chinese Detective Story*. The University of Chicago Press, Chicago, 1992, p. 52.

而是描写他有时也会被假象蒙蔽而犯错，也会因怀疑自己判断有误而心虚。此外，他还有七情六欲，不但娶有三房夫人，还看见美丽、善良的女人就动心。《铁针谜案》中暗恋郭夫人便是一例。小说描写了狄公邂逅这位容貌端庄、知书达理的仵作妻子后的种种爱慕心理。当获知她同样以铁针杀害了自己无恶不作的前夫后，狄公陷入了矛盾，欲绳之以法又心中不忍。郭夫人跳崖自尽后，狄公一夜未眠，"他感到非常疲惫，想过平静的退隐生活。但随之他明白，自己不能这样做。退隐意味着不想担当任何责任，而他却有太多的责任"[1]。这也令人想起英国侦探小说大师埃·克·本特利（E. C. Bentley, 1875—1956）在《特伦特绝案》中所描写的那个"已食人间烟火"的大侦探特伦特，他在推断门德尔松夫人杀害自己丈夫之后，选择了悄悄离去，因为门德尔松敛财堕落，消除他等于消除了罪恶。

再如约翰·卡尔的"密室谋杀"。所谓密室谋杀，是指罪犯在一个完全封闭、看似无法出入的空间环境内所实施的谋杀，往往产生一种独特的惊悚、神秘的效果。高罗佩似乎谙于这一技巧，在大部分卷册都有展示。《红阁子奇案》中的举人李琏和花魁娘子秋月先后"自杀"，显然是一种密室谋杀，因为两人均死在卧室，房门紧锁；而《朝云观奇案》中的前任住持玉镜"讲道时突然仙逝"，也是与密室谋杀不无联系，因为众目睽睽之下，凶手没有任何作案机会。最令人玩味的是《迷宫奇案》中的丁将军被杀案。高罗佩先是在第八章，透过狄公的视角，描述了十分密闭的案发现场：

---

1 Robert van Gulik. *The Chinese Nail Murders*. The University of Chicago Press, Chicago &London, 1977, p. 200.

狄公迈步跨过书斋门槛，举目环视。书房很大，呈八边形，墙上高处有四扇小窗，窗纸莹白，阳光透过窗纸，漫入室内甚是柔和。窗户上方，有两个小孔，供通风之用，均有栅板相隔。除了窄门，书斋墙上再别无其他开启之处。

书斋中央正对门放着一张乌木雕花大书案，只见一人身穿墨绿锦缎便袍软软地伏于书案之上。此人头枕弯曲左臂，右手伸于书案之上，手中握有一红漆竹制狼毫，一顶黑色丝帽掉落于地，灰白长发暴露无遗。[1]

接着，他又借陶干和丁秀才之口，说明了凶手不可能自由进入案发现场的缘由。一是房门乃进入书斋的唯一通道，墙壁、书架上的窗户和挡有栅板的通气孔洞以及窄门，均未见暗道机关；二是丁将军先亲自开锁进入书斋，丁秀才跟着进入下跪请安，其时管家就站在丁秀才身后，直至丁秀才起身，丁将军才将房门合上，而平时书斋房门总是紧锁，唯一的钥匙也由丁将军随身携带。但就是这样一个看似无法破解的密室谋杀案，狄公通过仔细调查和严密推理得出了答案。原来杀死丁将军的是他手上执握的那管珍贵的狼毫。之前凶手将狼毫作为寿礼送给了丁将军，但狼毫内藏有浸透毒液的飞刀，上有弹簧，用松香封住。丁将军初次写字时，自然要烧掉狼毫笔端的毛刺，于是松香受热，弹簧启动，飞刀弹出结果了他的性命。

此外，还有盖尔·威廉（Gale Wilhelm, 1908—1991）的"女同性恋描写"，也对高罗佩的狄公案创作产生了较大的影响。尽管小说没有出

1　Robert van Gulik.*The Chinese Maze Murders: a Chinese detective story suggested by three original ancient Chinese plots*.The University of Chicago Press, Chicago, 1997, pp.88-89.

现任何女同性恋侦探，但出现了相关人物和细节描写，而且这些描写往往与案情的发展有关，甚至成为案情侦破的关键。仍以《迷宫奇案》为例。在该书的第二十四章，高罗佩几乎用了整整一章的篇幅来描绘女同性恋李夫人的外貌以及看见黛兰时的异样神态：

> 黛兰看那李夫人，面相周正，但五官略嫌粗大，双眉稍浓……黛兰燃旺灶内余火……顷刻厨房香味扑鼻……然而李夫人只吃了半碗便放下碗筷，将手置于黛兰膝头……角落里有两只水缸，一冷一热……黛兰提起热水缸盖……快速褪去衣裤，舀了几桶热水倒在盆内。待其舀取冷水时，猛地听得身后有异动，旋即转过身去……李夫人边说，边盯着黛兰。黛兰顿时觉得十分惧怕，忙俯身捡取衣裤。李夫人走上前来，霍地从黛兰手中夺走下衣，厉声问道："你怎么又不沐浴了？"黛兰惊得忙赔不是。李夫人猛地将黛兰拽到身边，轻声说道："姑娘何须假正经！你这身段甚是漂亮！"

当然，像盖尔·威廉的《我们也在漂浮》（*We Too Are Drifting*，1934）一样，高罗佩如此不厌其烦地细述女同性恋性爱的目的是给接下来的情节高潮做铺垫。果真，李夫人求爱不成，便凶相毕露，并丧心病狂地用白玉兰之死来威胁黛兰。只见她将布帘一拉，梳妆台现出白玉兰的血淋淋头颅。正当李夫人的尖刀刺向黛兰之际，窗外跃入了彪形大汉马荣，眨眼工夫他便打落了尖刀，又将李夫人的双手绑定。至此，白玉兰失踪案告破。

立足西方古典式侦探小说创作模式，选择性融入中国古代文化元素，一切以故事情节生动为准则，高罗佩的十六卷"狄公案"就是这样成为早期西方历史侦探小说的成功范例，同时也赢得世界千千万万读者的青睐。

黄禄善

2017年10月26日

黄禄善，上海大学外国语学院教授，上海作家协会会员、上海翻译家协会理事，英国皇家特许语言家学会中国分会副会长。译有《美国的悲剧》等十部英美长篇小说，主编过八套大中小外国文学丛书，其中由长江文艺出版社、花城出版社出版的"世界文学名著典藏"（精装豪华本）近二百卷。

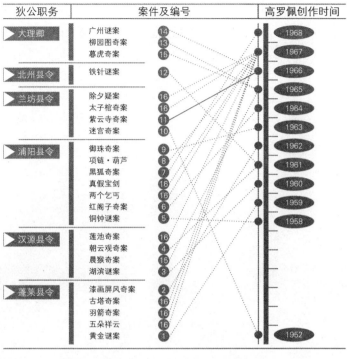

狄公职务	案件及编号	高罗佩创作时间
大理卿	广州谜案 ⑭	1968
	柳园图奇案 ⑬	
	暮虎奇案 ⑮	1967
北州县令	铁针谜案 ⑫	1966
兰坊县令	除夕疑案 ⑯	1965
	太子棺奇案 ⑯	1964
	紫云寺奇案 ⑪	
	迷宫奇案 ⑩	1963
浦阳县令	御珠奇案 ⑨	1962
	项链·葫芦 ⑧	
	黑狐奇案 ⑦	1961
	真假宝剑 ⑯	1960
	两个乞丐 ⑯	
	红阁子奇案 ⑥	1959
	铜钟谜案 ⑤	1958
汉源县令	莲池奇案 ⑯	
	朝云观奇案 ④	
	晨猴奇案 ⑮	
	湖滨谜案 ③	
蓬莱县令	漆画屏风奇案 ②	
	古塔奇案 ⑯	
	羽箭奇案 ⑯	
	五朵祥云 ⑯	
	黄金谜案 ①	1952

高罗佩·大唐狄公探案年表

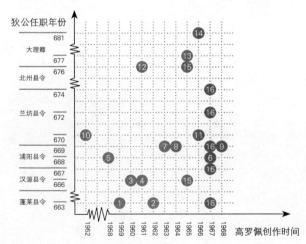

狄公任职年份

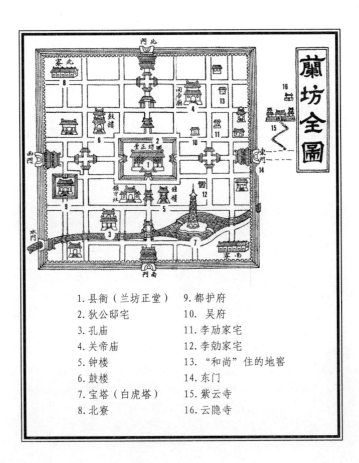

蘭坊全圖

1.县衙（兰坊正堂） 9.都护府
2.狄公邸宅 10.吴府
3.孔庙 11.李劻家宅
4.关帝庙 12.李劼家宅
5.钟楼 13."和尚"住的地窖
6.鼓楼 14.东门
7.宝塔（白虎塔） 15.紫云寺
8.北寨 16.云隐寺

书中主要人物

紫云寺奇案

一

▼

　　女人默默地盯着古井边沿上的东西。寺庙花园里漆黑一片，天气闷热潮湿，沉甸甸的空气里没有一丝风。几朵杏花从伸展在半空的树枝上飘落，在灯光的映衬下，显得异常的白。风雨剥蚀过的石头上溅有血迹，杏花落下来，显得愈发的白。

　　女人裹紧身上穿着的宽大白袍，对站在身旁的高个男子说道："把这东西也扔井里去！如此才能万无一失！这口古井已经多年不用，我看没有人会想到这里竟然还有口井！"

　　男子焦急地扫了她一眼，见她面色苍白，毫无表情，便将灯笼放在古井旁的碎砖石堆上，不耐烦地扯开围领。

　　"绝对不会出差错，你瞧，我用围领包住这玩意儿，再……"意识到自己的声音在荒芜的园子里过于响亮，他压低嗓门，继续说道："……把它埋到寺庙后山的树林里。那醉酒的蠢汉睡得跟死猪一样，再说，深更半夜的，也没有人到那儿去。"

她漠然地看着他将割下的人头包进围领里。他手指抖得厉害，试了几次也没能将围领的扣结打好。

"我做不到！"他抵触地低声咕哝道，"我……我的手不听使唤。你是怎么……怎么做到的？而且还是两次，还那么干净利落……"

她耸了耸肩。

"你必须得知道关节间距。"她若无其事地答道。说完，她在井边俯下身子。破旧的横木，藤蔓缠绕，层层叠叠，又密又长的藤蔓垂在黑黢黢的深井里，攀缘在曾经挂着水罐、现在已经腐烂的井绳上。古树参天，浓荫遮蔽，不知什么东西在动，又一阵零落的白色花雨随之落下。几朵杏花落在她的手上，冰凉如雪。她缩回手，将花朵甩落，不紧不慢地说："去年冬天，园子里到处都是雪，白茫茫的一片。白茫茫的……"她的声音越来越低。

"是呀，"他热烈地回应道，"山下的兰坊城也漂亮得很。莲湖里的白虎塔塔檐上挂满了冰凌，多得数也数不清，就和一个个小铃铛似的。"他抹了一把又热又潮的脸，又加了一句，"就是吸口气也是凉飕飕的，我记得早上……"

"别'记得'了，"她冷冷地打断道，"忘了以前！只想以后吧。现在没人和我们抢了，所有的东西都归我们了。所有的东西。我们走，离开这儿。"

"现在？"他吃惊地叫道，"等干完……"看到她一脸的轻蔑，他迅即改口道，"我累得跟条狗似的，我说真的！就不能歇会儿吗？"

"累？你不总是吹嘘你力大如牛吗？"

"这不是没什么可着急的了嘛，是不？我们想什么时候去拿都行。再说我们俩……"

"我碰巧很着急。不过，东西在那儿又不会自己长腿跑了，一晚上又不会怎样？"

他不大高兴地朝她看去。可她却再次陷入自己的思绪中，不搭理他了。他深深爱着这个女人，却深受其伤。

"你为什么不能属于我，属于我一个人？"他哀求着，"你知道，为了你，你要我干什么我就干什么。事实证明，我……"

突然，他停了下来，因为他发现她根本没有听他说话。树枝上缀满了白色的花朵，她仰头凝视着树枝上方的天空。寺庙的大殿两侧，两座三层佛塔一左一右对称而立。夜空中，塔顶清晰可见。

二
▼

次日一早，兰坊城内依旧炎热沉闷。狄公晨起散步归来，像以往一样回到内衙书房。进屋后，他惊讶地发现，身上的棉袍已经被汗水打湿，粘在了宽阔的肩膀上。他将袖中的小木匣拿出来放到桌上，然后走向墙角的衣箱。换了一件干净的蓝布夏袍后，他打开窗户向外看去。他的亲随护卫，身材魁梧的马荣肩头扛着一头烤全猪，正从石板铺就的县衙庭院中走来。他嘴里哼着歌，歌声飘荡在空阔的院子里，听上去既缥缈又怪异。

狄公关上窗户，在摆放着公文的桌案后坐下。他揉了揉脸，想起今天是个特殊的日子，应该高兴才是。他的目光转向刚放在桌角的黑檀小木匣。光滑的黑匣表面嵌着一块圆形碧玉，翠绿的玉片发出淡淡的幽光。早晨散步时，他在古董店的柜面上看到了这个匣子，玉片刻着的"寿"字的纹样，颇适合今天的场合，便当即买了下来。他觉得有什么地方不对劲，可又说不出来。他必须打起精神来。在这化外之地，边陲小城，单调的生活让他变得无所事事。他不应该任由自己陷入这种一时的失落情绪中。

打定主意，他挺起腰板，推开面前的一摞文牍，在桌案上清理出一块地方。接着，他拍了拍手，召唤小吏端上早餐。饭食能够缓解他胃部的不适。也许，天气炎热也是造成他不舒服的原因。他拿起大大的雕翎扇，靠坐在雕花的檀木扶手椅上，慢慢地摇起了扇子。

门开了，一位身形羸弱的老者一步一挪地走了进来。他身穿蓝色长衫，脑袋上戴着一顶黑色的瓜皮帽。帽子外面露出花白的头发。他向狄公道声早安，便将装有早餐的托盘小心翼翼地放在边桌上。看到他将茶壶和盛着咸鱼和时蔬的小菜碟也放到桌上，狄公微笑着说：

"洪亮，你应该让差役端早饭来！怎么能麻烦你亲自动手呢？"

"大人您客气了，我正好路过厨房，顺便而已。我在厨房看到马荣从肉铺里趔趄摸回来一头烤全猪，那可是我见过的个头最大的烤全猪了！"

"是啊，那是我们今天晚上的主菜。来，茶壶递给我，我自己来！洪亮你先坐吧。"

老者摇了摇头。他利落地为狄公倒了杯热茶，又把一碗香喷喷的米饭放在他面前。做完这些，他才在桌案前的一张矮凳上坐下，不露声色地看了看闷闷不乐的狄公。他了解狄公的脾性，从其孩提时起，他就是狄府的家仆。狄公拿起筷子，说道：

"我昨天晚上睡得不太好，洪亮。这份贴心的早餐能让我再次振作起来。"

"兰坊这地方气候恶劣，"洪亮一板一眼，声音干巴巴地说，"冬天湿冷，夏天闷热，冷不丁地还会从塞外的荒漠刮来一阵寒风。您得多保重，大人。在这地方太容易染上风寒急症了。"说着，他用左手小心地捋了捋自己毛糙的长须，呷了口茶。放下茶杯，他接着说道："大人，我昨天晚上看到书房这里灯火通明，烛火直到后半夜才熄灭。不是出了什么大案件吧？"

狄公摇了摇头。

"呵，洪亮，别多想，没有什么特别的事情。半年前，自从我重申了律法和禁令，兰坊县内就没有发生过什么大事了。命案寥寥无几，有一两件盗窃案，就是全部了！我们的公务主要是些平平常常、按部就班的事务，户籍造册、婚书存档、调解纠纷、征收赋税……非常平静，几乎可以说是平静得过了头！"他哈哈大笑道。然而，老者注意到他的笑容很勉强。"让你担心了，洪亮，"狄公旋即又说道，"我只是感到有点倦怠，仅此而已。我很快就能控制住这种情绪。现在另有更要紧的事，那就是，夫人们的日子过得是否自在，这是我时刻挂在心上的。在这地方，她们的日子过得相当乏味无趣。这里不过是个边疆小城，她们没有什么谈得来的香闺密友，也没有什么消遣，城里没有上得了台面的戏班表演，更没有能让人畅游散心的地方……突厥风俗盛行，即使在汉人的四时八节里，也不热闹。我很高兴，今晚能为大夫人举办一个小小的生辰宴。"他摇了摇头，默默地吃了会儿饭。

接着，他放下筷子，身子靠在椅背上。

"洪亮，你刚才提到了昨天晚上，是这么回事，我翻阅府衙里的卷宗时，看到一桩发生于本县、至今尚未结案的案子。黄金盗窃案。"

"大人为何对这个案子如此感兴趣？这是去年您来兰坊之前发生的案子！"

"的确是。确切地说，此案案发于蛇年的八月初二。但是洪亮，尚未结案的案件，不管它是新案，还是积年旧案，总是能提起我的兴致。"

老者缓缓地点头。

"记得我们还在蒲阳的时候，我曾在朝廷的邸报上看到过这桩盗窃案。此案一出，震惊了政界的上上下下。户部侍郎出使鞑靼王庭时，途经兰坊。他的任务是从可汗手里购买最上等的鞑靼马，以便充实太仆寺的马匹储备。他带了五十根分量十足的金条。"

"是的，洪亮。金条被人趁夜盗走，并被调包换成了铅块。一直没有找到窃贼，而——"

此时有人敲门，马荣笑得合不拢嘴地走了进来。"大人，我买到一头肉质非常嫩的烤猪！"

"我看到你扛着烤猪走进衙门，马荣。今天晚上只有一位客人，是夫人们的闺中好友，但她茹素，不食荤腥。所以今晚肯定会有很多烤猪肉留下来，足够你们所有人享用。坐下吧。我正在和参军说去年的黄金失窃案。"

他高大的护卫在另一张凳子上重重坐下。

"户部侍郎应当知道怎么保管好朝廷托付给他的黄金。"他不以为然地说道，"他领了俸禄就有这个职责！是啊，我也记得这个案子。那家伙后来不是被罢免了吗？"

"他是被罢免了。"狄公答道，"可是窃贼没有抓到，黄金也没有找回来。案件还处于胶着的状态。"然后，他把手放在面前的文牍上，继续说道："马荣，这些都是让人拓展思路的记录，值得仔细研究一番。当时，办案的县令先是讯问了侍郎一行人的带队校尉和军士。他推断，既然官府对这么一大笔黄金的押运严格保密，而且只有侍郎本人知道出使的目的，那么窃贼必定是个内鬼。另外还有一个事实也指向这个结论。侍郎的行李中有三个皮箱。这三个皮箱的大小、形状和颜色全都一模一样，锁扣上挂着的锁也毫无二致。唯一的区分标记就是装有黄金的皮箱上有条细细的裂缝。然而，结果是只有这个有了裂缝的箱子被打开了。其他两个装着侍郎衣物细软等随身物品的箱子却安然无恙，动也没有被动过。因此，县令也怀疑侍郎下榻的驿馆馆舍有问题。"

洪参军也表示说："另一方面，窃贼将黄金调包成铅块，很显然是希望侍郎晚点发现金条丢了，越晚越好，晚到在蛮夷的地盘上再次打开箱子时。这点清楚地表明，窃贼是个外人。所有内部的人员都知道，官府有规定，每晚就寝之前以及每早起床之后，押运黄金的官员都必须确认黄金完好无缺。"

狄公点头称是。

"确实如此，但是我的前任认为，铅块是个狡猾的障眼法，窃贼把铅块放到箱子里，不过是为了让人以为黄金是外人偷的，仅此而已。"

马荣此时已经站了起来。他走到窗前，扫了一眼空荡荡的庭院，皱着眉头问：

"我想知道那个懒鬼捕头干什么去了！他这时候应该带着衙役们去做例行巡查！"看到狄公面有愠色，洪亮旋即接着方才的话说："大人恕罪！但是乔泰和陶干已经前往都城商议削减军防的事务去了，我只得独自料理三班衙役的差事。"他又坐了下来，急于表现对案件的兴趣，问道："窃贼有没有留下什么线索？"

"没有。"狄公不高兴地答道，"你们也知道，侍郎入住的驿馆馆舍只有一门一窗，房门又由四名坐在外边走廊上的军士彻夜守卫。因此窃贼是从窗户进入馆舍的。他撕开窗纸，把手伸进去，施展巧技打开了窗户横闩上的锁。"

洪参军将厚厚的一摞文牍挪到自己身前，一页页地翻看。他抬起头，摇了摇脑袋，说道："是的，前任县令采取了种种措施，但侍郎住的那间客房从建造伊始就没有什么可怀疑的地方。他把城里所有的窃贼，包括所有收赃销赃的人都给抓了起来。此外，他——"

"他犯了个错，洪亮。"狄公打断他的话，"也就是说，他将调查局限在了兰坊县。"

"难道把调查局限在兰坊县有什么不妥吗？"马荣问，"窃案就是在兰坊县发生的，不是吗？"

狄公挺直脊背，正襟危坐。

"诚然如此。但是前期准备一定是在别的地方，在侍郎到达兰坊之前。侍郎曾经也在和我们隔山相望的邻县同康下榻过。一定有人多多少少知道，他押运着一笔数目不菲的黄金，就保管在一个有裂缝的皮箱里。这条珍贵的消息比侍郎一行人先一步到达兰坊。所以，我得先在同康进行一番彻底的查访。马荣，把我们的主簿叫来！"

洪参军疑惑地摸了摸自己的胡须，说道："大人，同样的推理也适用于别的地方，从都城到兰坊，千里迢迢，窃贼也许从任何地方都可以得到这个消息，甚至在都城，在侍郎出发之前就得到消息。"

"洪亮，话不能这么说。有确切的证据表明，秘密一定是在同康被泄露出去的。这堆文牍里有记载，侍郎在奏折中禀明过，装黄金的箱子在他抵达同康之前才刚刚出现裂缝。据推测是因为黄金的分量太重。"

马荣带进来一位身材消瘦，年纪在五旬开外的男子。主簿躬身向狄公问安，然后垂手侍立，准备听候狄公的吩咐。

狄公对他说："我在收集侍郎黄金失窃案的资料。侍郎抵达兰坊之前驻留的最后一个地方是同康，我想让你去一趟。你去同康县，要尽力寻访那些对侍郎停驻当地还有印象的人。我想了解侍郎在同康停歇那晚有没有接待过访客，有没有人送他美姬消乏解闷，他有没有收到什么信函。简言之，有关侍郎的一切。"他从桌上的文牍中挑出一张空白公函，笔走龙蛇，须臾之间，一封给他同康县同僚的书信便已写好。他在公函上盖上官衙的红色大印，封缄后递给主簿。"你立即动身。尽量赶在后天天黑前回来。不过，趁着马夫牵马坠镫的工夫，你先看看这些文牍。"

"遵命，大人。"

主簿正要躬身下拜，马荣向他打听道："你知道捕头去哪里了吗？"

"他抓捕泼皮去了，马老爷。昨天晚上，有人在城里一家酒馆恶意闹事，那泼皮杀了一个流氓。"

听闻此事，狄公言道："原来如此，这显然是下九流圈子里的一起普通的恶性案件。既然这样，就没有什么非做不可的文书差事。那么你上马启程吧！祝你马到成功！"

主簿离开了。马荣略感不快地说："看来这就是我们的好捕头在干的活计了！没有申领缉捕批文就去抓捕人犯！假如这家伙这般不管不顾下去，早晚有一天会积劳成疾的！"

"可惜的是，老冯不能继续做我们的捕头了。"洪参军说，"对了，大人，那边的小匣子是什么东西？我之前从没在您的桌案上看到过。"

"匣子？"狄公从沉思中回过神来。"哦，那个东西！我从孔庙后街拐角旁的古董店买来的。我早晨不是去散步了嘛，两刻钟前看到这个东西，就买下来送给大夫人做生辰贺礼。我会在今晚的寿宴上将礼物赠予她。"

他把匣子拿起来，向他的两位僚属展示。

"这匣面上有个'寿'字，作为生辰贺礼是再合适不过了。这个漂亮的古体'寿'字是用玉片雕出来的，"他抬起手臂朝身后指了指，"和屋里这扇窗户上的'寿'字雕花一模一样。"

他将匣子递给马荣，马荣面带欣赏地看了看，嘴里赞叹道："大小适中，正好可以把名帖放进去。"接着他又凑近看了看。"可惜的是匣面上有些刮痕。哪个笨蛋想在玉片的一边刮出个

'入'字，而在另外一边他又想刮出个'下'字。大人，把匣子暂时交给我保管吧，一个上午就行。中午歇息的时候我可以把匣子拿到南城门，我在那儿认识一个木雕师傅，他可以把匣子打磨得光滑如初。"

"好啊，主意不错。你在看什么？"

就在狄公问话前，马荣凑巧打开了匣子，此刻正细细观察匣盖。

"咦，这里夹着张小纸条。"他低声说道。

"大概是价签。"狄公说，"把它扯掉吧。"

马荣用大拇指按住纸条的一角。突然，他抬起了头。

"大人，不是价签。我看到了笔画颠倒的文字。还是红色的。天啊，掉下来了。现在可以把纸条倒过来了，但是字写得太潦草了。我看不明白写的是什么。"

他把小纸条递给狄县令。狄公抬了抬粗黑的眉毛，高声念道：

> 奴身陷囹圄，饥渴交加，命不久矣，求速来相救。玉儿。己巳年九月十二日。

狄公抬起头，神色颇为气恼，"谁在匣盖上贴了这么个东西？真是开玩笑！"

"也许这不是开玩笑，大人！"马荣激动地说，"这是一个叫玉儿的姑娘，她一定是个良家女子！她被人拐走了，肯定是！"

狄公把为大夫人准备的寿礼拿给马荣等观看（高罗佩　绘）

洪参军宽容地微微一笑。他太了解马荣在儿女情长上的小心思了。他温和地劝道:"马贤弟,你有一副侠骨柔肠,总是急着去怜香惜玉,拯救落难女子于水火之中。但这张纸条不过是从话本或者戏文上撕下来的一页纸罢了。"

"胡说!才不是呢!"马荣气急败坏地叫嚷,"可怜的玉儿姑娘用自己的鲜血写下求救信,然后把信叠好放到这个匣子里,将匣子从被关押的屋子窗户扔出去。匣子落到地上,由于血迹未干,翻滚中,纸条黏在了匣盖上。虽然事发已经快一年了,但是我们没有理由让饿死她的歹徒就这么逍遥法外!"说完,他转回头,急于获得狄公的认可,道:"大人,您怎么看?"

狄公把纸条放在桌子上抚平,一边仔细查看,一边捋着须髯。然后,他抬起头。

"马荣,你的推理相当聪明。不过我同意参军的看法。如果这真的是一封求救信,那么……"他把目光转向房门,"进来!"

捕头走进书房,轻快地向狄公行礼,他胡子拉碴,脸上绽出愉悦的笑容。

"启禀大人,我刚刚抓捕了一个杀人犯,此人名叫阿刘,是个泼皮无赖,他昨晚与人争执吵闹,杀了一个流氓,杀人地点在——。"

"嗯,主簿已经告诉我了。干得好,捕头!我会在上午升堂的时候亲自审讯。有证人吗?"

"很多证人,大人!客栈店主,两个一起下注玩骰子的客人,还有——"

"很好，传唤他们等候上堂作证。"

捕头听命而去。狄公站起身，他拿起黑檀木匣，若有所思地托在手中掂量了一会儿，随后便将木匣纳入了袖中。"匣子里的奇怪书信是怎么回事我们还要再查一查。"他对两名属下说道："离升堂问案大概还有半个时辰。不管留言的内容是真是假，木匣都已经失去了吉祥的寓意，不能再作为生辰贺礼。无论如何我还是得再去一趟古董店，另选一样礼物。洪参军，你去刑房查找失踪人口的卷宗，看看去年九月是否有一宗失踪案是关于一个叫玉儿的姑娘的。马荣，你陪我去古董店，古董店离这儿不远，我们走过去即可。"

三

▼

　　狄公和马荣走下府衙正门前的宽阔台阶，但见通往南城门的正街上已然人来人往，熙熙攘攘，即便这时天色还非常早，空气既潮湿又闷热。城内湿雾弥漫，莲湖中的宝塔塔尖仅依稀可辨。

　　狄公走在前面。没有人认出他就是县令大人，因为他穿的还是那件朴素的蓝色长袍，头上戴的是巾帻便帽，而非挺括的黑纱幞头。马荣穿着褐色的公衙袍服，腰扎黑色窄边束带，头戴黑色扁平帽子，在他身后紧步跟随。

　　走了一段路，马荣突然停了下来。几步路外，一双火辣辣的大眼睛，正热烈地、一眨不眨地注视着他。惊鸿之间，他瞥见一张白皙俊俏的女人面孔，头上裹着的鞑靼头巾遮住了她半个脸，人显得非常高。正当他想上前询问时，两个挑夫担着一个大木箱从他们中间走了过去。等他们走开，那个女人已经消失在了人群中了。

狄公转身指了指前方孔庙的高大屋顶。"古董店就在孔庙后面第二条巷子的拐角，路右面的那家店就是。"见马荣一脸迷茫，他问道："你怎么了？"

"大人，我刚才见到一个非常奇怪的女子。她有一双与众不同的大眼睛，而且——"

"我希望你不要总是见个女子就盯着不放！"狄公没好气地对他说，"快点，我们的时间不多！"

孔庙后面的巷子里，人稀稀落落的。甫一走进那间小小的、半昏半明的古董店，宜人的凉气扑面而来。见是狄公进来，一个蓄着凌乱长须的老者急匆匆地往柜台走来。

"敢问大人您还需要什么？"掌柜向狄公微笑道，露出掉光了牙齿的牙床。

"早上来这里时，"狄公答道，"我忘了买件品质上乘的玉器。一对玉镯，或是一根发钗，都可以。"

掌柜从柜台下端出一个方形的托盘。

"盘内都是小店的珍藏，大人尽可随意挑选。"

狄公在一堆首饰中挑拣了一番。他选了一对刻着缠枝梅花的白玉古镯，并从托盘里拿出来放到一边。他问了问价钱。

"一锭银子。这是给您这样尊贵的客人最实惠的价格！"

"我要了。对了，可以的话，你能不能告诉我，我买的那个黑檀木匣，你是从哪里进的货？我一直想知道自己买到的古董是什么来历。"

老掌柜把头上的巾帻往后推了推，挠了挠灰白的脑袋。

"我是从哪里进的货？让我查查账簿，大人！请稍等片刻！"

"您为何不把价钱讲得低一点，大人？"马荣不高兴地问。"整整一锭银子！这老匹夫钻钱眼里去了，他怎么还能活得好好的！"

"这对镯子值这么多钱。大夫人一定会喜欢的。"

古董店掌柜从店后的账房打了个来回。他将一本磨得卷了边的册子放到柜台上，用细细长长的食指指着一条记录，低声说：

"是了，找到了！匣子是我四个月前从李劼那里买来的。"

"他是何人？"狄公草草问道。

"唔，李劼嘛，可以称之为末流画师，大人。他专攻山水。整日里画山画水，画出来的山水多得都没人愿意买！您说说，出了城就能看到山水，而且天天都能看到，还不花钱，您还想买新画的山水画吗？要是古画嘛，那就……"

"李劼住在何处？"

"离这儿不远，大人。在钟楼旁边的那条街上。他住的房子又旧又破！是了，我现在想起来了！想起来了！那个木匣表面全是泥灰，混在一筐旧物废品里，李官人想处理掉。要是李官人看到匣面上那块上好的碧玉……"古董店掌柜无牙的嘴巴，狡黠地一笑。不过他很快又说："我出了一个很公道的价钱买下了那堆东西，大人！李官人的兄长李劢有一个金银铺，不是很大，不过……大人，我对李家两兄弟可是不偏不倚的。也许哪天我还会和李劢做生意呢……"

"既然李劼有一个家资丰厚的兄长，那他怎会过得如此拮据？"狄公问道。

掌柜耸了耸瘦得拎都拎不起来的肩膀。

"他们去年吵了一架，大家都这么说。大人您是知道的，现如今，人们都不太讲究父慈子孝、兄友弟恭这一套了。我总是说——"

"别说了。钱给你。不，不用包起来。"

狄公将镯子纳入袖中。到了店外，他对马荣说，"到钟楼只需走上半刻钟。既然我们了解了这么多，我们干脆去见一见李劼吧。"

他们再次穿过正街，绕过钟楼。悬挂在红色木梁下的巨大铜钟，暗淡无光。每天早上，当大钟敲响时，清脆的钟声于晨曦时分唤醒城中的居民。一个担水人热心地给他们带路，领他们走到窄巷里的一个棚户房似的木屋前，显然，巷子里住的都是些小商小贩。

棚屋的房门没有上漆，门板上到处是修补得歪歪扭扭的裂缝。房门两侧的窗户是合上的。

"李官人家看起来不怎么富裕。"狄公一面叩门，一面感慨。

"他可没有古董店掌柜的本事！"马荣含讥带讽地说。

他们听到重重的脚步声。门闩抽出，门打开了。

门里衣衫褴褛的高个男子突然往后退。"你们……什么人……何事？……"他结结巴巴地说。显然，他原本以为是那个商贩。

狄公不动声色，眼睛直视着这个人。男子瘦长脸，黑色短须，一双大眼，眼神里满是戒备；头戴一顶黑色纱帽，帽子旧得磨出了线头；身穿一件褐色长衫，松松垮垮，上面沾着星星点点的作画颜料。

"你可是画师李勋，李官人？"狄公彬彬有礼地问道。对方默默点头，他接着说："我乃狄县令，这位是我的属下，马荣。"见李勋的脸色变得苍白，他继续温和地说道："此次前来，纯属私人拜会，李官人！我对山水画颇感兴趣，久闻足下专精此道，是个中高手。我早上散步途经此地，一时兴起，便决定择日不如撞日，特来叨扰，欲借足下墨宝一睹为快！"

"能入县尊青眼，草民荣幸之至！荣幸之至！"李勋急急说完，脸色却沉了下来。"草民本不该推辞，但不巧的是，我家助手昨夜没有回家来。还请大人恕罪，家中的打扫整理一向是我这个助手在管。倘若大人您择日再来……"

"无妨，无妨！"狄公兴致很好地打断他的话，迈步走进昏暗的堂屋。

画师带他们来到堂屋后面一间宽敞的矮屋子里。屋内光线昏暗，两扇方正的窗子上贴着脏兮兮的窗纸。他把一张不甚稳当的高背座椅推到屋子中央的桌案前，又给马荣搬来一张竹凳。

李勋走到靠墙的茶几边准备茶水，狄公的目光不经意间扫过桌案上散放的绢本画轴、纸本卷轴以及几个放着笔刷的笔筒。浅浅的调色盘里，染料已经干结，砚台上也落了一层薄薄的浮灰。桌案的另一端，一碗残粥，粥碗旁边是一张油纸，油纸上还残留着点咸菜。显然，画师是刚刚吃完早饭。

桌案左面的墙上挂了十几幅山水画，全都是水墨山水。在狄公看来，其中有几幅相当有水准。但当转头看向右面墙壁的画轴时，他皱了皱眉。画卷里是佛教中的神明，但不是之前那种端庄大气的神佛菩萨，而是近来兴起的密宗教派里衣衫半裸、凶相毕露的妖魔罗刹。这些可怕的形象或是长出许多脑袋和手臂；或是面目丑陋，形似恶鬼；或是双目圆瞪，龇牙咧嘴；抑或是戴着人头做成头冠项圈的形象。其中有的图画甚至描绘了妖魔罗刹怀抱艳女、寻欢作乐的形象。这些图画用色大胆，金色和绿色用得尤为肆意。

待李劭把茶放在桌案之上，狄公言道："我非常欣赏你的山水画，李官人。这些画气势恢宏，直追古人境界。"

画师脸上露出得意的神色。

"我酷爱山水风景，大人。每逢春秋两季，我都会去城北和城东的山中远足采风。我敢说，兰坊县周边的山峰没有哪处我未曾登临过！造化之神奇，令人叹为观止，我总想竭力将这些美景尽数呈现在我的画作中。"

狄公颔首以赞。他四下环顾，手指着那些宗教画。

"为何你这样一位操守高洁的画师竟放下身段摹画这些胡狄蛮夷的恐怖画卷？"

李劭在窗前的竹凳上坐下，嘴角浮上一抹苦笑，他回道："唉！大人，山水画并不能让我糊口！兰坊城里的鞑靼人和回纥人对这类佛教画轴有着大量的需求。如您所知，这些人相信这么一套荒唐的教义，即男女交合暗合天地交融之道，是涤清罪孽的一种方式。信徒们将自己代入到男男女女的妖魔罗刹身上。他们的仪式包括……"

狄公抬手示意。

"这些以求神拜佛为幌子的龌龊勾当我一清二楚，暗地里无非就是些男盗女娼、奸淫掳掠的。我在汉源县任县令时，就处置过几起卑劣的凶杀案。这些凶杀案都是在道观举行秘密仪式时发生的。不论是佛门借用了道门的仪式，还是道门借用了佛门的仪式，我不清楚，也不在意。"他生气地捋了捋胡须，然后眼神锐利地看向画师。"依你之言，莫非本地仍有这类的仪式盛行？"

"啊，不，大人。再也没有过。倒是八年前还是十年前的时候，县城东门外山上的紫云寺香火鼎盛，很多关外来的鞑靼等蛮族佛门信徒到那里奉香朝拜。后来官府介入后，寺中的僧尼就都被遣散了。不过， 城里的佛教信徒依旧信奉佛教。他们买这些图画供奉在自己家中的佛堂里。他们坚信，这些凶神罗刹可以保佑他们百邪不侵、长命百岁、多子多孙。"

"迷信，愚昧！"狄公轻蔑道，"佛教原始教义中包含有很多崇高的思想。作为一个正统的儒家弟子，我本人，相信李官人你也是——不会拜奉任何佛家的神像。我要向你订购一幅山水画。我老早以前就想在我的书房里挂上一幅边塞风光图，画中山峦叠嶂与广袤平原相映成趣。倘若你能为我完成此画，我将不胜欣慰。我也会很乐意将你推荐给我的同道中人。不过，我有个条件，你不要再画这些令人作呕的佛像了。"

"乐意遵命，大人！"

"很好！"狄公从袖中掏出黑檀木匣放在桌案之上，问，"这个匣子以前是不是你的东西？"

他密切观察着画师的表情变化，可李勃的脸上却是一脸的讶异。

"不是，我从来没见过这个东西，大人。市面上当然买得到很多这种匣子。咱这儿的木工就可以用黑檀木边角料做出这样的匣子。人们买来放印章或者是名刺。不过，我从来没见过这么精致的古董。即使见过，我也买不起。"

狄公重又将木匣纳入袖中。"你的兄长从来不买你的画作吗？"他貌似不经意地问道。

李勃脸色一沉，压抑着怒气，草草回道："我的兄长是个生意人。他对书画不感兴趣，也看不起卖字鬻画的文人。"

"就你和你的助手独自在此居住吗？"

"是的，大人。我讨厌规规矩矩地整理房间。我的助手杨生胜任这些工作。他是个书生，因缺盘缠无法参加秀才的最后一场答试。他整理房间，也帮我准备颜料什么的。可惜你们见不到面。"看到狄公起身，他马上改口道："再喝杯茶吧，大人？对我而言，和大儒交谈的机会并不常有，而且——"

"抱歉，李官人，不过我得回衙去了。多谢你招待的茶水。别忘了画边塞风光图！"

李勃毕恭毕敬地将他们送到门口。

"大人，这个画师滑头滑脑的，没说实话！"他们一到街上，马荣便忍不住说："古董店的掌柜确定他是从李勃那里买的木匣。他在生意上从没有出过错儿。凡事都记账，可不就是没出过错儿嘛！"

"一开始，"狄公徐徐说道，"李勃给我留下了相当好的印象。但之后我就不那么肯定了。"他停了一下。"我回衙门升堂断案，你就在这附近走走，问问商铺和街坊四邻对李劼的看法。也问问他的助手是个什么情况。这么做是为了有个全面了解，不能光听李劼的一面之词，明白吗？"

马荣点了点头。

他在窄巷子里只看到一面显眼的招牌，店招上写着"纱轻质坚，裁量精准"。店里的裁缝正在柜台上卷起一匹丝绸。店里有四个上了年纪的妇人，她们围坐在一张细长的窄桌旁，穿针引线，绣个不停。裁缝客气周到地招呼着马荣，可当马荣问起画师李劼时，他的脸沉了下来。

"穷得跟快饿死的老鼠似的！"他颇为不屑地说道，"我偶尔看到他到店里来，但他从来没有买过一寸布！他那个助手也是个叫花子，昼夜颠倒，和地痞流氓厮混一处。他回来的时候常常醉得都要上天了，又是唱又是嚎，把体面安静的邻户们搅得不得安生。"

"年轻人隔三岔五想出去潇洒一晚上也不奇怪。"马荣安慰道。

"年轻人，我的个天！虽然杨生装得人模人样的，但他就是个恶棍！他从我店里买过一件新袍子，倒霉催的！没付我一个铜板儿！我本不想因为这个吵得人尽皆知，但是……"他从柜台上探出身来，朝街上前前后后、左左右右看了一圈。"我得小心着点儿，您晓得吧。我可不想他哪天带着流氓地痞来我这儿，把垃圾桶往我的精美丝绸上倒……"

"既然杨生一无是处，李劼为什么还让他做助手呢？"

"那李官人也比他强不到哪里去！一丘之貉，两人半斤八两，差爷！你知道李官人为什么不成亲吗？他穷是真的穷，但不管怎样穷，一个男人总能找到一个比他更穷的姑娘，然后他就可以成家了，每一个正经人都应该这么做。他们两个人在那破房子里打光棍，差爷，甚至连干粗活的婆子都不雇一个。天知道，他们晚上都干些什么！"

裁缝期待地望了马荣一眼，但他眼前这个大汉却没有再细问下去。裁缝向前凑了凑，低着嗓门继续说道："我不是个多嘴多舌的人，我和您讲，我总说少管闲事吧，算了吧。我就跟您说一件事儿。前一阵子，我家邻居看见有个女人进了他们家门，他说那时候是半夜。我跟菜贩子闲聊说起此事，他想起来天蒙蒙亮的时候见李勄送一个女人出门。如果是您，您想想！这勾当给街坊们带来了不好的名声，差爷。这也影响了我的生意。"

马荣回说这是个可悲的世道。和他又聊了半天，知道那个学子的全名叫杨牟德之后，他告辞离去。他一边往衙门走，一边咒骂着炎热的天气。

四

马荣回到内衙时，洪参军正在帮狄公穿上领口绣有金线的绿色织锦厚官袍。趁狄公对着梳妆镜矫正官帽幞头位置的工夫，马荣向他汇报了与裁缝的对话。

"我没什么头绪。"狄公说，"洪亮查阅了所有失踪人口的卷宗，也是一无所获。洪参军，告诉马荣你都查到了些什么。"

洪参军从桌上拿起一张纸。

"九月初四那天，"他告诉马荣，"登记失踪的有两人。一个是鞑靼马贩子报案说他的女儿突然失踪了；不过第二个月她就回家了，还跟着她塞外的夫婿，怀中还抱着个婴儿。第二个失踪者是一个叫明敖的铁匠兼锁匠。他的兄长报的案，说他九月初六外出后就再没有回去过。为防止疏漏，我把己巳年所有的卷宗都查了一遍，但所有的案卷里都没有提过玉儿这个名字。"

此时，他们听到县衙正堂门口的大铜锣响起。铜锣敲了三下，意味着升堂时间到了。

洪参军掀开内衙和正堂间的门帘。紫色的门帘上用金线绣着代表智谋善辨的獬豸。狄公登上高台，在的公案后庄严落座。公案上铺了一块垂至地面的红色桌帷。案上堆着些案卷，案卷旁是用油纸裹好的大个方形包袱。狄公好奇地瞅了瞅包袱，便合袖束手，审视着大堂。

宽敞高大的正堂内颇为凉爽。正堂廊庑下，来看审案的只有十来号人。他们在后面徘徊不去，显然是想乘凉，而非见证激动人心的凶杀案庭审。堂上，八名衙役分成两列，每列四人，站在公案前。捕头手执皮鞭站在一旁，巴掌宽的皮腰带上挂着两副铁铐。在他身后，狄公看见四名百姓，他们穿着干净的蓝色短袍，神情紧张。两名书吏坐在公案左侧的矮桌后，手中提着毛笔，随时准备记录下大堂上发生的一切。

洪参军和马荣侍立在狄公身后。狄公拿起惊堂木，一块长方形的硬木，往公案上一拍。

"升堂！"他高声宣布。点完卯之后，他命令捕头将被告带至大堂。

捕头挥手示意，立时便有两名衙役从左侧的门洞里拖出一个瘦高个儿的男子，把他带到公案前，他上身套一件打了补丁的褐色短褂，下身穿一条宽松肥大的裤子。狄公飞快地扫了一眼，此人一张被晒得黢黑的长脸，脸上蓄着短髭；又长又脏的头发油光发腻，一绺绺地盖在前额。衙役们摁住他，让他跪在公案前的石板地上。捕头则往他身旁一站，手中的鞭子晃来晃去。

狄公看了看面前的案卷，随后，他抬起头，厉声问道："堂下跪地之人可是阿刘，年三十二岁，无业无家？"

"是，小人正是阿刘，"犯人哀号道，"但是，启禀大老爷——"

捕头用鞭子的手柄敲打着阿刘的肩膀。"休得啰唆，大人问什么你答什么！"他向囚犯咆哮道。

"捕头，把案情当堂讲来！"

捕头浑身一凛，立正站好，清了清嗓子，郑重其事地开始陈述道：

"昨天晚上，在最靠近东门的周家客栈，犯人和里坊间恶名远扬的沈三一起吃饭。他们喝了四壶酒，临了却为了谁付酒钱的事情吵了起来。客栈周掌柜上前劝说后，他们便停止了争吵。之后，阿刘和沈三又掷起了骰子。刚玩了一会儿，沈三便输了很多钱。他突然跳起来，嚷嚷着说阿刘出老千。两个人动起拳脚，阿刘拿起空酒壶便要砸沈三的脑袋，客栈掌柜央求众人阻止。在众人的说和下，两人离开了客栈。有人听沈三对阿刘说要去荒寺里了结恩怨。大人，沈三提到的荒寺便是东门外山上的古刹，名叫紫云寺。紫云寺已经空置了十余年，每到夜晚，流民乞丐都会到那里过夜。"

"犯人和沈三是否一同去了紫云寺？"狄公问。

"回大人，他们确实去了紫云寺。东门的兵丁证实，他二人在夜半三更时分出了城，而且一路上骂骂咧咧的。守门的兵丁提醒他们城门要关了，阿刘却叫嚷着说他再也不回来了。"

阿刘抬头想要说些什么，但一看到捕头扬起鞭子的架势，便又垂下头，直抵到了地上。

"今早天刚亮，孟猎户到衙门禀报，说他到紫云寺大殿里歇脚，发现供桌前倒着一具尸体。我立刻点上两名差役一同前往。脑袋已经和脖子分了家，就放在尸体边，地上一大摊血。受害者正是流氓沈三。杀人凶器也被丢在附近，是一把沉重的鞑靼双头斧。我在寺内搜了一遍，在寺后的花园边上看到了在树下躺着睡大觉的犯人。他的短褂上沾有血迹。因担心若是先来申领缉捕批文，犯人可能会跑掉，于是我便以其'夤夜在外，游荡不归之罪名'当场逮捕了他。他告诉我说，他在城里去的最后一个地方是周家客栈，我便立即又去了客栈。周掌柜向我讲述了他们吵架的事情。周掌柜和另外两个目睹了他们争吵的客人，还有孟猎户，现在都在堂下，可以上堂作证。"

狄公点点头，遂回头低声问马荣："两个地痞流氓吵架，吵到要用斧头解决是不是太奇怪了点？"

"确实是，大人。"马荣回答，"刀戳棍劈倒是更有可能。"

"先看看杀人凶器！"

马荣将油纸打开，一把约略三尺长的曲柄双头斧呈现在眼前。锋利的斧刃上血迹已干，青铜斧背上铸刻着一个狞笑的鬼头形状。

"捕头，凶手怎么会有这样一件番邦异族的武器？"

"大人，武器很容易拿到。寺里大殿内，除了后墙的供桌，没有什么东西，只有侧墙的佛龛里有两只戟、两把斧头。寺里还有香火的时候，这些武器是佛寺庆典活动中的道具。寺中僧尼被赶走以后，这些东西就被丢弃了。也没有人敢偷，因为它们都是圣器，会带给人厄运。"

"捕头，沈三在本县有亲属吗？"

"回大人，没有。他有一个弟弟叫老五，但是那家伙前段时间搬到邻近的同康县去了。"

洪参军俯身对狄公说："大人，我看过同康县令抄报给您的官文，他最近判了老五及其妍妇六个月的监禁。罪名是他们偷了一头猪。"

"知道了。"狄公继续说道，"阿刘，把昨天发生的事情一五一十当堂讲来！"

"青天大老爷，昨晚上没发生什么呀。我发誓！沈三是我最好的哥们儿，我怎么会……"

"你和他大吵了一顿，你还想砸他的脑袋。"狄公说，"你承不承认？"

"不是的，大人！我和沈三，虽然两个人总是吵吵闹闹，但那只是我们打发时间的一种方式。沈三后来说我玩骰子出老千，我是出老千了。我一直出老千，沈三也一直想逮到我是怎么动的手脚。这是我们两个人的乐子！相信我，青天大老爷，我没有杀他。我发誓没有！我连别人的头发都没有动过！我没有——"

狄公一拍惊堂木。

"老实交代你们两个出了客栈后的行踪！"

"我们一起去了东门。出门的时候，我们手挽着手唱着歌。我昨天给人扛了整整一个下午的木头，累得没什么力气，于是沈三扶着我爬台阶……到了寺院里，沈三说'我要去大殿里的供桌上睡觉！'我当时困得睁不开眼，便在一棵大树下躺倒了。今天早上醒来的时候就看到这个狗——"看到捕头又一次举起鞭子，他咽回尚未说出来的话，愤愤然地继续说道："看到这位差官在踢我的腰肋，还对我大喊大叫，说我是杀人凶手。"

"荒寺中是否还有其他人？"

"回大人，没有其他人。"

"仵作是否已经验完尸体，捕头？"

"是的，大人。尸格在此。"

捕头从袖口取出一张叠起来的纸，双手恭恭敬敬地放到公案上。狄公览毕，站在身后的马荣和洪参军也一起跟着看完了。

"他竟然费工夫把脑袋砍了下来，真是有意思。"马荣低声喃喃道，"在脖子上砍一斧子不就行了吗？"

狄公回身看他，低声说道："仵作的结论是，尸体上没有任何伤口或者被暴力击打的痕迹。沈三可是个打手，我觉得有点不对劲。"他捋了捋额下的黑髯，想了一会儿，接着跟他的两个僚属说："仵作是个经验老到的药师，是个好人。但验尸方面他有点经验不足。审讯之前，我们最好再亲自看看尸体。"他拍了一下惊堂木，说道：

"捕头，将犯人押回牢房！此案择日再审！"

他起身离座，消失在獬豸门帘之后。马荣和洪参军也随后走进内堂。

五

▼

　　三人穿过刑房，走到县衙大院后面的监牢，来到监牢旁边用作停尸间的小屋子里。

　　一进屋就闻到股腐臭难闻的气味，屋里面狭长逼仄，红砖铺地。屋子中央有一张高腿长桌，桌子上停放着一具被芦席盖住的尸首。从芦席的起伏看，尸体比较长。桌子旁边的地上有一个大圆筐。

　　狄公指了指大筐，"我们先看看人头。"他对马荣说。

　　马荣将圆筐拎到桌上，掀开筐盖，他的脸色变得古怪起来。

　　"真是恶心。"他撩起围领，捂住口鼻，拽着沾了血的长发提起人头，把人脸正面朝上放到圆筐旁边。

　　狄公双手背在身后，默不作声地审视着这颗可怕的人头。一绺绺头发垂到沈三满是皱纹的短小额头上，挡住了没有合上的眼睛，那双死不瞑目的眼睛里充满血丝；一张大脸晒得黝黑，左脸颊上的旧疤丑陋狰狞；嘴边的胡须凌乱，两片厚嘴唇没有合上，露出了一口参差不齐的黄牙；脖子被割断的地方皮肤外翻，血块凝结。

"这张脸真不讨人喜欢。"狄公言道，"马荣，把芦席移开！"

没了脑袋的身体，赤条条身无一物；宽肩窄臀，身材匀称；两臂修长，肌肉隆起。

"个头倒是挺高的，是个有把子力气的家伙。"马荣断言，"这样的人不大可能乖乖地伸出脖子让人砍。"他俯身查看尸体和脖子断开的切口部分。"啊哈，我看到了一根蓝色的线绳，还有勒痕。大人，沈三是被勒死的。可能是有人从他背后下手，往他脖子上套了一根绳子。"

狄公点头。

"马荣，你说得对极了。线绳便是很明显的证据。本来绳子勒上去后受害者脸上的神情会有所变化，但是凶手紧跟着把受害者的脑袋砍断，让死者的脸色无法变化。现在的问题是，这场令人切齿的罪行发生在什么时候？"狄公摸了摸尸体的双臂和双腿，又弯了弯尸体右臂肘。"根据尸体的状态判断，死亡时间大约是子夜时分，至少我们的捕头也是如此判断。"他正要松开死者的手臂，突然又动手把尸体握紧的拳头掰开，看了看死者光滑的手掌，又细细查看了每一根手指。他放开死者的手臂，走到桌子另一头弯腰查看尸体的双足。

他直起身，对旁边的洪参军说："角落里那堆血迹斑斑的东西是死者的衣物，我猜得对不对？把衣服拿到桌子上摊开来！"

狄公从一堆衣物里挑出一条打着补丁的裤子，将两条裤腿摆放在死者的身上。"果然不出所料！"他喃喃自语。

他面色阴沉地看了看两位僚属，说道：

"伙计们，我今天早上还说，这是下九流里的一起寻常暴力案件，真是大错特错！最起码，这是一件双重谋杀案！"

"双重谋杀案！"洪参军惊道，"老爷此话何意？"

"意思是说，被杀的不是一人，而是两人。头颅被割断，所以身体也可以相互调换。你们没有看出来吗？这具尸体不是沈三的。对比一下，人头上晒得黝黑的脸和尸体上白皙的双手双臂，再看看这双保养得良好的手掌和连茧子也没有的双脚！另外，从尸体的长度可以看出，死者的个子并不矮，但是沈三的裤子对他来说仍然还是太长。我们的捕头还有的学。"

"我马上把那头笨驴牵进来！"马荣小声说，"我们要给他一个深刻的……"

"不用，无须如此！"狄公马上制止道，"杀人凶手一定有非常充足的理由让人以为，被杀的只有沈三一个人，这具尸体就是沈三。事情没有进展前，我们先别让捕头明白这一点。"

"那么沈三的尸身，还有这具无名尸体的头颅在哪儿呢？"马荣疑惑不解地问。

"我也正想知道。"狄公不耐烦地回答，"天呐，双重谋杀案！而我们却对这起冷酷凶残的杀人案的作案动机一点头绪也没有！"他一边捋髯，一边低头看着沈三变了形的脸孔。突然，他转过身说，"我们去旁边的监牢找阿刘问问。"

牢房里非常黑，他们看不清囚房铁栅栏后面缩成一团的囚犯。看到三人走到牢房门口，阿刘从囚室最里面的角落里匆匆爬过来，身上的镣铐叮当作响。

"不要对我用刑！"他扯开嗓子拼命地叫喊："我发誓——我——"

"闭嘴！"狄公大喝一声，随之又放缓语气，问道："我是来问你关于你朋友沈三的情况的。如果荒寺里杀他的人不是你，那是谁？你的短褂上又怎么会沾着血？"

阿刘爬到囚房门口，用戴着镣铐的双手抱住膝头，开始哭号："青天大老爷，我不知道谁杀了他！我怎么能知道呀？当然，沈三有几个对头。现如今要在道上讨生活，先下手为强，后下手遭殃，为了挣口饭吃，谁还没有几个冤家对头？但谁又会狠心到拼了性命也要去杀他呢？没有，大人。至于血，天知道是怎么跑到我衣服上的。"他摇了摇头，又继续说道："沈三是个很难对付的家伙，他的一双拳头厉害得很。论打架，他是个好手，耍起刀棒来也不在话下。老天爷啊，莫不是……"他突然住了口。

"你个刁民！怎么不说了？莫不是谁？"

"呃……大人，我觉得肯定是鬼，紫云寺女鬼，我们都这么叫。大人，那个女鬼浑身上下裹着长长的白麻布。每逢满月，女鬼就到紫云寺的旧花园里游荡。大人，她是一个厉鬼，喜欢咬断男人的脖子。满月的时候我们从不到那儿去……"

"少说废话！"狄公不耐烦地打断他的话，"沈三最近是否与人有过争吵，起过争执？我说的不是什么酒后玩闹，是真正的争吵！"

"是是是，大人，他和他的弟弟大吵过一次。那是半个月前的事了。他的弟弟叫老五，个子没有沈三高，是个小气的混蛋。他和沈三的相好勾搭上了，沈三曾经赌咒发誓地说要杀了他。那之后，老五就和那个女人搬去了同康。但是大人，因为女人就杀人说不过去，是吧？要是因为钱么……"

"沈三的朋友或者熟人里有没有一个瘦高个子？模样周正，有点像是能写会算或者相类似的人物？"

阿刘使劲儿地想了想，两道低垂的眉毛紧紧皱起。想了一会儿，他回答道："嗯，是的，我确实见过几次那高个子男人，像你说的那种人，穿着蓝色的袍子，身上打理得干干净净，头上戴着正儿八经的帽子。我问过沈三，那人是谁，他们热火朝天地聊什么呢，可是他只是让我闭嘴，管好自己的事儿就行。于是我就闭嘴了。"

"要是那个男人再次出现，你能否认出他来？"

"不能，大人。他们是天黑以后在紫云寺前面的庭院里见的面。我觉得他有胡子，但是没留长须。"

"好吧，阿刘，为了你好，我希望你把知道的都说出来了。"

回到内衙后，狄公告诉两位随从："阿刘的供述基本上都是实话。可见有人让阿刘做了替罪羊，自己逃脱法网。目前来看，阿刘在牢里反而更安全。洪亮，通知捕头，就说再审要推迟到明天。我必须更改时间，因为我已经答应了几位夫人，今天这个欢庆的日子里要和她们共用午餐。马荣，我想让你下午去一趟城里，到鞑靼人、回纥人和其他夷狄人混居的北寮。既然凶手用的是一柄鞑靼斧头，那么他有可能是个鞑靼人，或者是个和蛮夷人关系匪浅的汉人。要想和凶手一样娴熟地使用曲柄板斧，必须是非常熟悉那类武器才行。你要去那些黑白两道、三教九流常去的廉价茶寮食肆暗中查访。"

"大人，我有更好的办法！"马荣迫不及待地说，"我可以去找狂蜂图尔比打听。"

洪参军向狄公使了个意味深长的眼色，不过他知趣地没有开口吐槽。图尔比是个回纥娼妓，六个月前，马荣被她迷得神魂颠倒。但是好景不长，图尔比对酥油酸奶茶的癖好无可救药，而且对沐浴净身的厌恶也同样无可救药，他很快便无法消受她那无穷的魅力。雪上加霜的是，他发现她早已有了一个老相好。那人是个蒙古骆驼骑手，她还给那人生了两个儿子，一个七岁，一个四岁。于是，他极有风度地结束了这段关系。他拿出积蓄为她赎了身，并帮她开了一家卖汤水的食摊。那个骆驼骑手娶了她。他们的婚礼持续到凌晨，婚宴上有烤羊羔，还有蒙古劣酒，马荣做了婚礼上的男傧相，喝得酩酊大醉，是几年来醉得最为厉害的一次。

狄公沉吟片刻，态度温和地说："照惯例讲，涉及本族的事情，那些人是不情愿开口的。不过你和那个娘子熟得很，她也许可以对你畅所欲言。不管怎样，试一试没什么坏处。回来后向我禀报结果。"

洪参军和马荣在差役房吃了午饭。马荣叫来个小卒去最近的酒肆给他打了壶酒。

"图尔比卖的都是些上不得台面的吃食。"放下茶碗，他心情苦涩地说："所以你明白吧，我得先填饱肚子再去找她！我最好再换件旧衣服，免得引人注意。祝你在紫云寺中的搜查顺利！"

马荣走了。洪参军喝完茶，迈着步子，往狄公在县署后衙的内宅走去。老管家告诉他，狄公和三位夫人用完午膳后去了后花园。洪参军点了点头，继续往前走。他是县衙上下所有佐吏差役里唯一被允许进入狄公宅邸内眷居所的人，他以这项特权为荣。

花园里凉爽宜人。兰坊前任县令中有一位酷爱园林景观，花园就是他妙手布置的。花园里，曲折蜿蜒的小径两侧，高大的栎树和合欢树，枝繁叶茂。小径上铺满了大小不一的黑色卵石，每过一个转弯都可以听见灌木丛中曲折流转的潺潺溪水声。

走到最后一个转弯处，洪参军看到一小片被长满青苔的大石头隔出来的空地。飒飒作响的竹林前有一条未经雕琢、古朴别致的石凳，二夫人和三夫人正并肩坐在石凳上。两位夫人垂目望着远处地势最低的荷塘。荷塘的外围便是衙署的外墙，沿着外墙，间隔几步又是一圈松树。荷塘中央有座小小的湖心亭，小亭翘檐尖顶，亭檐下是六根纤细的红漆亭柱，柱子和柱子间有围栏相连；靠着围栏有一张书案放在亭内，狄公和大夫人正在书案上屈身做着什么。

"老爷正要泼墨挥毫。"二夫人告诉洪亮，"所以我们待在这边，免得打扰到他。"她有一张亲切和悦的面庞，头发在脑后绾成一个清爽利落的螺髻，身上穿着紫襦白裙。她负责府中的账目。三夫人身形纤秀，身着明蓝广袖罗裙，胸围下方系着一条红色披帛丝带，头发梳成一个精致美丽的高髻，使她细细描画过的妆容更加艳丽。她喜欢绘画和书法，也喜欢户外运动，尤其是骑马。她负责狄公子女的启蒙。洪参军向她们深施一礼，便沿着石阶向荷塘走去。

他踏上通向荷塘的大理石拱桥。拱桥的中间最高处就是湖心亭。狄公手握毛笔站在书案前，全神贯注地注视着案上铺开的红纸。大夫人正在旁边的小几上磨墨。她有一张标准的鹅蛋脸，头发梳成厚厚的三螺髻，发髻上插着一根细细的金簪。一身剪裁得当的蓝底白色团花的丝裙更衬托出她曼妙的身材，即便她即将度过四十岁生辰，身体有微微发福的迹象。与狄公成亲时，她十九岁，狄公当时刚行过二十岁的弱冠礼。她出身于世卿世禄的簪缨之家，父亲是朝中的高官，与狄公之父是至交。她受过良好的传统教育，性格坚毅，持家有方。她放下墨块，向自己的夫君示意墨已备好。狄公蘸湿笔毫，捏住右手的袖子，提袖到手腕上方，握笔运气，一个四尺见方的"寿"字跃然纸上，笔势雄健有力。

洪参军站在石桥上，直到狄公运笔结束他才走进亭子里，赞道："好一幅精妙绝伦的中堂大作！"

"我希望这个寓意美好的'寿'字是由老爷亲笔所写。"大夫人满意地微笑。"这幅字今晚会挂在寿宴大厅中。"

二夫人和三夫人赶忙跑过来观赏这幅作品。她们激动地拍手称贺。

"哈哈，"狄公笑着说，"若是没有大夫人磨墨，没有你们两个铺纸备笔，我可写不成字！我得出去了，昨天晚上，有几个流氓混子在城外的荒寺里聚众闹事，我得去那里查看查看。要是有时间，我会去云隐寺拜访师太，告诉她我准备在山上设置岗哨。"

"去吧去吧！"二夫人急切道，"云隐寺里只有师太和一个侍女！"

"你应该劝劝师太，让她搬到城里来。"大夫人言道，"城里有两三个空置的尼寺，她可以在城里安顿下来。这样她来教我们插花的时候就不用奔波了，时间都花在下山到县衙的路上了。"

"我尽力而为。"狄公说。夫人们喜欢师太，师太是她们在兰坊为数不多的好友之一。"我可能会晚些回来。"狄公补充道，"不过你们整个下午要接待来贺寿的夫人们也会很忙。我会尽量早点回来。"

三位夫人一直将他送到花园门口。

六

　　前院，宽敞的官轿已经准备好，轿子旁边站着八个孔武有力的轿夫。捕头和十个衙役也骑在马背上等待出发。狄公跨入轿内，洪参军随后也跟了进去。

　　轿夫们抬着轿子往东门走。轿内，洪参军问道："大人，凶手为何多此一举地斩下受害人的头颅？又为什么要调换受害人的身体呢？"

　　"洪亮，答案显而易见。作案的凶犯可能是单人，也可能是多人。凶手不在乎受害者沈三的身份是否会被发现，出于某些神秘的原因，凶手不希望沈三的尸身被发现。同时，他也想把第二个受害人的身份掩藏起来。或者可能有其他不为人知的原因，不过我们现在还不用管这些。我们的首要任务是要找到沈三的尸身以及另一个受害人的头颅。这两样东西要么藏在寺内，要么藏在寺庙周围，绝没有别的可能！"

一行人浩浩荡荡地穿过东门。道路两侧的商铺、路边摊旁，有闲逛的路人看见官府的队伍，便心生好奇，跟着队伍向前走，想知道发生了什么。捕头举起鞭子，嘴里吆喝着叫他们退开些。

又走了一小会儿，他们到了一座山的山脚下。山上林木透迤，山脚有一道装饰用的石拱门。捕头和衙役们勒住缰绳下马，轿夫们则落下轿子，狄公趁机对洪参军说道：

"洪亮，你要记住，捕头和差役们并不知道我们要找的是什么。我会说我们要找的是个大点的箱子或者类似大箱子之类的东西。"狄公走出官轿，疑惑不解地看了看陡峭的上山石阶。"捕头，天这么热，竟然还要爬这么陡的台阶吗？"

"大人，台阶大约有两百级，上山的话走这条路是最快的了。紫云寺后山还有一条上山的路，坡度平缓，更容易走些。那条路通往官道，上了官道走不了几步就是南门。不过，若是从南门走，到山顶要花半个多时辰。只有猎户和樵夫才走那条路。晚上到寺里过夜的流民乞丐都是走这些台阶上山。"

"好吧。"狄公撩起长袍下摆掖在腰间，踏上饱经风雨、业已风化的宽大石阶，开始向山顶出发。

爬到一半，狄公注意到洪参军呼吸急促，有些喘不过气来，便命大家停下来歇息片刻。等爬到山顶，他们看到，高高的树林间有一片长满荒草的空地。空地前面便是由灰色石头砌成的佛寺山门，山门两侧是看似结实严密的高墙。山门中间的拱顶上，各种颜色的小石子拼成三个大字——"紫云寺"。

"大人，顺着山门右侧的围墙走有一条小路，小路通往一个叫作云隐寺的小庙。"捕头介绍道，"庙里住着掌门师太和她的侍女。我还没去问过她们昨天晚上有没有听见或者看见什么异常情况。"

"我想先看看凶案现场。"狄公对他说，"带路吧。"

铺着石板的寺庙外院长满了杂草，围墙虽已坍塌破败，但雄壮的大殿两侧立着的三层佛塔却完好无损。

"这座异域风情的建筑，"狄公对洪参军说，"自然无法与我朝臻于至善的庙宇楼台相媲美。不过我得承认，从建造工艺来看，天竺工匠的手艺的确精湛非凡。两座宝塔两两对称。依我之见，这座寺庙兴建于三百年前，并且修葺维护得极为妥善。捕头，你是在哪里发现阿刘的？"

捕头将他们带到外院左侧的树林边。外院的右侧是一片荒地，除了一些大石头没有其他别的东西。狄公注意到，这里比山下的县城要稍微凉快一些。烈日炎炎，树林中的蝉鸣声此起彼伏，不绝于耳。

"大人，这片林地以前是一片占地颇广、打理得颇为精致的花园。"捕头解释道，"现在却是杂草丛生，凄凉阴森，即使是到寺里过夜的流氓地痞也不敢到这地方来。据说这里有很多毒蛇。"他指着一棵树龄古老的柏树继续说道："大人，犯人就躺在那棵树下，头枕着裸露在外的树根，我推断，他杀了沈三之后本想逃跑，但是在漆黑的夜色中，他慌不择路，被树根绊倒，跌倒后便昏睡过去了。"

"知道了，我们到大殿看看。"

衙役们推开大殿的六面隔扇门。殿门上腐朽破烂的木屑碎片纷纷落下，落在衙役们头上。狄公踏上殿前三级宽阔的台阶，跨过门槛，走进大殿，好奇地看着昏暗、空荡荡的大殿。大殿左右两侧各有六根粗大的石柱，支撑着高高的屋顶上的大木椽子。椽子上有很多蛛网，由于灰尘太多，蛛网下坠，如同一面面小旗挂在那儿。大殿尽头靠后墙的地方，狄公隐约看到一张用坚硬的黑檀木做成的供桌香案。供桌有一丈二尺长，五尺高。大殿侧面墙上有扇小门，小门的上方，也就是在墙壁的高处有扇方形窗户。窗户已经用木板钉死。狄公指着窗户，问道："捕头，能不能让你的手下把木板撬掉？这里太暗了！"

　　捕头招招手，两个衙役走到左边的石柱后面，从壁龛里掏出两根长戟，用长戟去撬动被钉住的木板。趁着衙役们忙活，狄公走到大殿中央，一边轻捋长髯，一边静静地观察大殿。室闷的空气似乎堵塞了他的肺腑，他觉得憋闷。墙壁上间隔均匀的凿洞是用来放置火把的，显示出多年前大殿中举行宗教狂欢仪式的盛况。不过大殿中仍旧残留着一丝邪恶的气息。忽然，狄县令感觉有一种诡异，似乎有人在恶狠狠地瞪视他。

　　"大人，听说这里以前挂满了巨幅彩画。"捕头在他身旁说道，"画上都是赤身裸体的菩萨，以及——"

　　"我对道听途说不感兴趣！"狄公不耐烦地说道。看到捕头脸色僵硬，他缓声说道："捕头，你觉得石柱后面地上的灰烬是怎么来的？"

　　"大人，这里的墙很厚，冬天的时候，尤其是天冷的几个月里，会有贱民跑到这里来过夜，在这里烧柴取暖。"

"但是大殿中央这堆柴灰看起来才烧过没多久。"狄公指出。他所说的那堆灰烬位于一处圆形的浅坑内，浅坑之所以存在是因为原本的石板被挪走了。浅坑周围的石板上雕刻着莲花花瓣。狄公注意到，这块石板位于大殿地幔的正中心。围绕它的八块石板上面镂刻的是异族的文字。

嘭的一声，大殿侧墙窗户上钉死的木板掉了下来。两只黑色的东西扑棱棱地从木椽子下飞了出来，其中一只还发出一声尖利的怪叫，从狄公头上掠过。两只蝙蝠飞出殿门，飞进殿门上方墙壁的漆黑洞穴中。

洪参军刚才一直在勘查供桌前地面的异状，这时站起身来，说道："老爷，现在大殿内亮堂多了，可以清楚地看到这儿有一摊明显的血迹。不过这里的灰尘和脏污太多，把血迹盖住了；另外，这里脚步特别凌乱，很难得出什么结论。"

狄公走过去，仔细检查地面。"唉，天知道这里发生了什么事情！把衙役都召集到我身边来！"很快，衙役们围拢在狄公身边，狄公说道："我得到一条可靠的消息，在凶案发生前后，有一个大木箱子被埋在寺内或者是寺外。我们先从寺内搜起。我，洪参军带三个人搜查左半边，捕头和其他人去搜查右半边。这个箱子不小，你们要注意这里是否有隐蔽的橱柜、最近翻开过的铺地石板，以及暗门这类的地方。好了，行动吧！"

两个衙役打开壁龛左边放有武器的小门。壁龛内，衙役们之前用过的长戟已经被放回远处，里面还有一件和杀人凶器一模一样的鞑靼曲柄双头斧。他们走进小门，狭窄的走道约有两丈多长，走道两侧各有四扇门，门内是狭长的屋子，每个屋子里又都有一个窗洞，窗洞上的窗框和窗纸早已没有了。

"显然，这禅房是寺中僧尼用的。"狄公断言，"右半边也一定有同样的八个房间，因为这座寺庙是完全对称的结构。嘿，小冯，你过来下！"狄公喊来一个衙役，指着铺着石板的地面对他说道："你看看能不能把这些地砖撬松动些。这些地砖看起来铺得并不是那么严丝合缝。还有你们，"他对另两个衙役说道："你们两个可以去对面的几个房间，看看里面的地板是否和这边一样。"

捕快小冯从腰间挂着的刀鞘中抽出佩刀，刀尖插入石板与石板之间的缝隙。有三块石板很容易地就被撬动了。

"看看下面埋了什么？"

小冯用佩刀挖开松散的泥土，但除了碰触到寺庙地基中的坚硬石块，什么也没有挖出来。

"老爷，我们的思路是对的！"洪亮惊叹，他激动不已。"有人想把某个大件东西埋在这里，但因为洞挖不了太深而作罢！"

"确实如此，洪亮。我们可以不用去其他房间了。凶手会去佛塔，看塔里是否可以挖洞。凶手——"

"大人，您快来看！"在对面房间查探的衙役过来喊道："有一半地砖被翻过了！"

他们赶紧跟了过去。房间中央有六块石板被掀开并整齐堆放在墙角。狄公用指腹摸了摸最上面的一块石板，发现指腹上沾了一层薄灰。"伙计们，走，我们去看看别的房间！"

他们发现，每一个房间都被翻动过。虽然有的房间里的石板位置动了，但地面仍然很平整；有的房间里的石板则被随手扔到角落里。

"去佛塔上看看！"狄公下令。他穿过走廊尽头的门洞，进入一个八角形的宽敞殿宇。这就是大殿西侧佛塔的第一层。这座殿宇里的地面还保持着原状，没有被翻动过。

"难怪。"狄公低声道："这些石板已黏在地上，位置固定住了。要拿把镐头来在上面敲个洞才能翻开石板。不过注意墙壁上的那些保护木板！"

用来遮掩砖墙的护墙板有的地方已经朽坏，从劈开的木板来看，砖墙和壁板之间的空隙大约有二寸宽。

"我不明白，怎么会……"洪参军疑惑不解地问。

"我明白就行了。"狄公粗暴地打断他的话，对两个衙役说道："你们去检查楼梯和佛塔的二层与三层。洪参军跟着我，我们到塔顶，上去换口气。"

他们走上吱呀作响的楼梯。木质的楼梯因年久失修，早已朽烂不堪，楼梯木板上形成一个个破洞，他们小心地提着步子，绕开这些破洞，免得不小心一脚踩空掉下去。

佛塔顶层修了一圈小小的阳台，阳台上方就是佛塔的宝顶与卷翘的房檐。狄公站在阳台上，双手交握，两臂上的宽大袍袖搭在了一起。他望着低处郁郁葱葱的树冠，过了一会儿，他回头微笑着对洪参军说：

"洪亮，刚才在楼下对你言语冷淡了些，还请你不要介怀。这真是一起让人绞尽脑汁的案子。现在我们有了第一条线索，但这似乎和杀害沈三的凶手没有什么关联！这座荒寺已经被人彻底搜查过，但并不是为了找地方藏匿尸体和被割下的头颅的。搜查翻找的时间也不是昨天，而是一段时间以前。我们要搜查的是个小箱子，要我说，尺寸不会超过几寸见方。"

洪参军慢慢地点了点头，然后问道："您是如何知道我们要找的东西的尺寸这么小呢，老爷？"

"这个嘛，找东西的人在第一个房间里掀开地砖，并在地砖下只有五六寸深的泥土中翻找，他也检查了其他的房间，希望房间里埋着他想要的东西并将其找出来。之后他又在贴着木板的砖墙上动脑筋，在木板后面的缝隙中寻找。你刚才也看到了，木板和砖墙之间的缝隙只有几寸而已。"他想了想，过了片刻接着说道："我认为查找东西的有两个人，他们各找各的，不是一路人马。其中一人经验老到；他仔细调换地砖的位置，想遮掩自己做过的动作。另一个人则无所顾忌，掀开地砖后就把地砖随意丢在墙角，并且直接弄坏了墙壁护板。"

"您刚才说，我们要寻找的东西和正在查的案子没有什么关联。但是我们知道，沈三经常到这座寺里来。即使这类搜找小箱子的行动发生在杀人之前，但杀人和寻觅行动之间也许有某种关联呢。"

"是的，洪亮。你说得对！有这个可能，我们必须小心求证。或许，沈三和另一位受害者被杀是因为他们发现了另一方人马费了很大工夫也没找到的东西！"狄公捋着胡须想了一会儿。"至于沈三的尸身和另一个受害者的头颅，在紫云寺内我们是找不到了。你大概也已经注意到，寺内没有血迹，也没有清理血迹后残留下来的痕迹。"他指了指脚下的树冠。"能藏尸体和断头的地方显然只能在那边的树林里。从这个位置，我们可以看出紫云寺的林地有多大，显然常规的搜寻方式费时费力得很。好了，我们该下去了。"

在楼下搜查的三个衙役报告说没有发现西佛塔有被寻觅翻找过的迹象。墙壁上没有护板、地上的石板也没有被掀起过。

几人回到紫云寺的正殿。捕头灰头土脸地站在殿内，正用围领擦着脸上的汗水。他手下的衙役们围在他身边交头接耳，低声细语。

"大人，有人翻过地面和墙壁。"他一脸沮丧地说，"但是我们没有查到哪里能藏得下一个大木箱子。"

"知道了，箱子一定是藏在花园里的某个地方。对了，捕头，供桌旁边的那扇小门通往哪里？我在西佛塔的塔顶往下看，没看到周围墙壁上哪里有个后门。"

"回大人，那扇门通往大殿后面的小院。墙上以前是有门的，但是很多年前就用砖堵上了。"

"好吧，把你的人手都带到园子里。搜一搜有没有近期开挖过的地方。洪亮，趁这时间，我们去云隐寺一趟。"

狄公一边从前院往外走，一边说道："洪亮，凶手一定有共犯。帮凶一路拖着沈三的尸体到寺外，把血滴到阿刘的身上，然后把沈三的尸身和另一个受害者的头颅在密林里找个地方掩埋——这些事情都不是一个人干得了的！两个凶手，动机不明！洪亮，我一点儿也不喜欢这种情况。"

他们穿过山门，沿着寺院正门围墙踏上往山巅的小路。

走出紫云寺的外院，狄公对洪亮说："一旦遇到时局混乱不稳的时候，佛寺里的和尚就会把佛像金身等值钱的供奉物品藏起来，防止被盗。要是紫云寺里也存在这样的财富，那么我们就找到了一个合乎逻辑的动机。唯一的麻烦是，我从没有听说过这个地方和宝藏有什么关联！"

"也许有人碰巧在哪本古老的、不为人知的文献中发现了相关记录呢，老爷？"

"是啊，很有可能！洪亮，设想一下，这人会不会是雇用了三四个混混帮他暗地里在寺中搜寻宝藏呢？如果沈三和另一个受害人就在其中，并且想把好处占为己有，那么其他人就有理由对他们生出杀心。这么推断的话，在寺内进行的寻觅行动和杀人之间就有了因果关系。"

小路一直通向紫云寺和云隐寺之间的一片小树林里。狄公停下脚步，转身回望。

"站在这里能把寺院全貌尽收眼底。从紫云寺后山围墙往下，山势险峻，难怪从紫云寺到山下的这一段山路有这么多的急弯。洪亮，我们必须对紫云寺的历史做到心中有数。回到衙门之后，我想让你去刑房查阅旧日的档案，找出官府下令遣散寺中僧众、清空紫云寺的确切时间，当时的紫云寺住持是谁，他去了哪里，有没有什么关于宝藏的传闻。"

洪亮应下。在树林里走了没一会儿，他们便看见了云隐寺整洁干净的石灰色院墙。云隐寺是一座中原风格的单殿式庙宇。寺庙的屋顶上铺着绿色的琉璃瓦，屋脊呈弧形，弧形尽头的屋檐做成了龙尾的形状。他们隐约听见，庙内有鸭子呱呱叫的声音，还有连绵不绝的蝉鸣声。

洪亮拍了拍云隐寺朱漆木门上的铜环。持续拍了几次后，门上的探视格栅打开了。一个姑娘出现在探视格栅后，用一双带着疑问和警惕的大眼睛仔细地打量他们，尖声问：

"你们是干什么的？"

"我们是县衙的，"洪亮对她说，"开门！"

姑娘打开庙门，放他们进入石板铺地的小院。显然，她就是捕头说的那个侍女了，因为她穿了一件青色葛麻短上衣和同样面料的宽松裤子。狄公注意到，她虽然长相普通，但是五官颇为秀气，圆圆的脸蛋上还有一对小酒窝。铺在院子里的灰色石板干干净净，没有一丝灰尘，并且已经洒上了井水降温，以使院内凉快一些。院子左侧是一个红砖砌成的小屋，右边是一个连着走廊的厢房，比左边的小屋子要大一点。院内正后方是云隐寺的正殿。正殿外墙被涂成纯白色。正殿前的廊柱则被涂成了红色。院子的角落有口水井，水井旁边是一个隔板架子，上面摆满了花草盆栽。架子最上面一层有几个瓷瓶，里面插着鲜花，花枝错落有致，气韵生动。狄公看出架子上的花艺风格和他几位夫人的插花作品一致，猜出这些插瓶都是出自掌门师太之手。空气中浮动着淡雅的兰花香气。狄公心中暗道，出了荒寺，到了这座雅致的云隐寺真是让人心情畅快多了。

"喂！"那个姑娘不耐烦地问，"老爷们，你们需要什么？"

"把我的名刺交给掌门师太。"狄公在袖中摸索。

"掌门师太在休息。"她口气生硬地说。"今天晚上她要进城到县令府上参加寿宴。若是你们坚持见她，我就……"

"啊，不用了。"狄公急忙说道，"我来就是问问，你们昨天听没听到什么奇怪的动静，或者看没看到什么奇怪的人？昨天半夜的时候，有几个地痞恶棍在下面的荒寺里闹事。"

"昨天半夜？"她嗤笑一声，伸出胳膊画了个圈，把整个庭院画进圈内，说道："我要保持庭院整洁，活都是我一个人干，知道吗？这个云隐寺很小，但是香案上的摆设多着呢，都要擦洗清理。你们以为我辛苦了一天，半夜还会睡不着吗？"

"所有的采买也是你负责吧？"狄公故作好奇地问，"假如你每天下山和上山都从石阶上过——"

"我每隔七天下次山，买些油盐酱醋和青菜豆腐。鱼和肉我们都不吃——肚子里没有油水，倒霉透了！"

"可是我听到有鸭子的叫声。"

她的脸色好了一些。

"鸭子是我养的。掌门师太同意我养着那些鸭子，因为可以吃鸭蛋。小鸭子毛茸茸的可爱极了……"她掸了掸身上的灰，突然又问："你们还想问什么？"

"现在没什么要问的了。走吧，洪亮，我们去看看下面荒寺里有没有什么进展。"

"真真是个伶牙俐齿的泼辣女子！"走到云隐寺和紫云寺之间的小树林时，洪参军开口议论道。

狄公耸了耸肩。

"她喜欢鸭子，至少这点值得推敲。不过我还是挺高兴去了一趟云隐寺。云隐寺里环境清雅，这证明夫人们看重掌门师太并非没有理由。"

捕头和两个衙役坐在紫云寺正殿前的步道台阶上，热汗淋漓，有些狼狈。见狄公走进外院，捕头赶忙跳了起来。

"大人，没什么发现！我敢发誓，已经很久很久没有人进那片闹鬼的树林了！那边连路都没有。其他人还在绕外墙进林子。"

狄公坐到大殿阴影下的大石头上，打开扇子，使劲儿地扇着扇子。

"大人，您之前提过，凶手必定有个同伙。"过了一会儿，洪参军开口道："他们有没有可能临时做了个担架，把尸体抬下山了呢？"

"有这个可能性，但不大现实。他们要冒着被其他地痞恶棍发现的风险，那些人可不是那么容易打发的。我觉得林子里面是最有可能藏尸的地方。"

衙役们一个个地回到前院，全都没有收获地摇头。

狄公站起身。

"天色已晚。我们该回衙了。捕头，把大殿的门封上。留两个人在此看守。注意安排好入夜来换班的人。"

七

　　马荣换上宽松肥大的裤子，穿起打了补丁并且褪了色的蓝色棉布上衣，用一条红色的旧布条缠在头上绑住头发。这身装束又破又旧，毫不起眼，走在鞑靼人、天竺人、回纥人等番邦蛮夷聚居的县城北寮，不会引起任何不必要的关注。

　　到北寮的路很远，但现在是晌午，路上的大多数商铺都还没开门迎客，走动的行人也比较少，所以他走得还挺快。不过，等走过鼓楼，狭窄的街道就变得热闹多了：住在附近的穷苦百姓三口两口地吞掉碗里的面条，他们必须抓紧时间早点上工，好多挣上几个铜钱——晚上的饭食还没有着落呢。

　　味道熏人的贫民窟里，鞑靼苦力和汉人小贩高声叫嚷着招揽生意。北寮的街上，各色人等摩肩接踵，马荣在人流中挤出一条道来，终于到了图尔比开汤食摊子的那条小巷巷口。隔着老远马荣就看见了图尔比。她正站在灶台边，责骂她坐在灶膛前烧火的大儿子，她的小儿子则拽着她的裙子要往她身上爬。时间还早，还没有吃客上门。马荣溜溜达达地走到她跟前。

"马荣，是你呀！"她开心地喊着他的名字，"见到你真是太高兴了，不过你的样子看起来有点怪唉。你的上司把你撵走了吗？我跟你说了多少次了，你是个大英雄，去当抓贼的官府爪牙真是屈才了。你应该——"

"嘘！"他打断她的话，"我这是乔装打扮，我有公务在身呢。"

"把你的臭爪子拿开，你个小讨债鬼！"她叫道，一巴掌拍到一个劲儿往她身上扑的小儿子脸上，小儿子立刻扯开嗓子号啕大哭起来。他的哥哥鄙视地看了马荣一眼，往炉灶的火堆里吐了口唾沫。马荣又闻到了熟悉的酸味酥油茶的味道，也看到了图尔比脏兮兮的鼻孔。她的腰身变粗了。马荣心里暗暗感谢苍天有眼，没让他摊上这些！他从袖中掏出一串铜钱。"这是——"他刚开口，图尔比就挥了挥手，嗲声嗲气地说："哎哟，羞死个人了，马荣你怎么也跟其他人一样给我钱呀！"然而她还是把钱收进了自己的袖子里。"我当家的白天不在家，我们上楼进屋里去好好聊一聊吧！店里就让我两个儿子看着——"

"我跟你说了有公务在身！"他赶忙说道，"钱是用来买消息的，这是道上的规矩。我们到那边的凳子上坐着说。"

"上楼来嘛！"她一脸坚决地抓着他的手，"你会得到你想要的消息的。我懂，我懂！什么公务嘛，搁一边放会儿又没关系的喽……好吧，好吧！换个花样而已！你知道我可想你了，马荣。"她看了看门，飞了个眼色给他。

他把她摁住，让她坐在凳子上，自己也搬了条凳子过来挨着她坐下。

"下次吧，我的心肝儿，我这次时间真的不多，我在查案呢。有鞑靼人和沈三吵架，是真的吵架，沈三的头被砍掉了。沈三是谁？沈三是东门附近的一个地头蛇。"

"我们回纥好男儿才不会和汉人的鼠辈厮混呢。他们说的话都不一样，怎么吵得起来？"突然，她眼睛一亮，问道："马荣，你还记得你之前教我说汉话时候的情景吗？"

"我当然记得了！"他情不自禁地说，"唉！我不是说你们族里的人干了什么坏事，你别往心里去。我的上司不想有更大的麻烦出现。按照他们当官儿的说法，他想维护治下太平。你快想想！来吃饭的有没有谁提过在东门外的紫云寺里打架的事？"

图尔比专心地抠着鼻子，过了会儿才慢吞吞地说："我最近听说的最大消息就是塞外有个鞑靼部落首领被杀了。杀他的人和他有世仇。"她飞了个媚眼给马荣，说："你提起紫云寺倒让我想起件事儿。和这里隔着四条巷子的街上住着一个神神道道的女人，她是鞑靼神婆，名字叫塔拉。她是个巫婆，知道过去的事，还能预言未来。就是我们族里的人想要干什么大事都要跟她占卜吉凶。马荣，她什么都知道，真的是什么都知道，但知道归知道，她可不是什么都说出来的。人们现在已经厌烦她了。他们说，她也许是故意给出错误的建议，要不是人们还对她忌惮三分，他们早就——"她把手掌横在脖子上，做了一个割喉的动作。

马荣在北寨造访旧相好（高罗佩　绘）

"那地方怎么走？"

"别烧火了！"图尔比冲她的大儿子喊，"带马官人到塔拉那儿去。"马荣正欲起身，图尔比在他耳边低语道："多留神，马荣！那地方的人不好惹！"

"我会多加小心，多谢你了，心肝儿！"

小男孩儿把他带到一条曲曲折折的巷子里。巷子两边都是些草房。泥土墙上坑坑洼洼，房顶上的茅草铺得马马虎虎。小男孩儿在半道上向他指了指一个略像鞑靼帐篷式的大房子，然后就提脚溜了。房子附近只有三个鞑靼人背靠墙蹲着，眼睛直视着鞑靼神婆的家。他们穿着肥大的兽皮裤，腰上系着半掌宽的腰带，肌肉有力的臂膀裸露在外；除了后脑勺上留着一绺长发，脑袋上所有的头发都被剃得一根不剩。中午的阳光洒下来，照在他们圆滚滚的脑袋上，光溜溜的头皮直反光。看到马荣走过去，其中一个鞑靼人用一口不怎么流利的汉话对另两个同伴说："她现在竟然连汉人脏鬼也接待！"

马荣极力忍下怒气，把他们的话当成耳旁风，掀开油腻腻的门帘进了屋。屋内没有亮光，他勉强辨认出两个缩着身子的人影。泥土压得紧紧实实的地面上有个坑，坑内有一股正在燃烧的火苗。那两个人影坐在火旁，丝毫没有注意到他。他在紧靠门口的一张矮凳上坐下。刚才屋外强烈的阳光让他的眼睛还没有适应屋中的黑暗，无法辨别出太多东西。屋内空气凉爽，浮动着异域香料的气味。这香味儿让他想到了一种药材，他猜可能是樟脑。背对着他的女人形容枯槁，是个有一把子年纪的老妪。她穿着鞑靼绒袍，头戴兜帽，盘腿坐着，嘴里叽里咕噜的，说话带着异族的鼻音和舌音，她一个人就说了好长一段话。火堆另一边，与老妪面对面的女人似乎坐在一张矮凳上。他无法看出她的身形。因为她整个人都被包裹在一件看不出形状的、从肩头拖到地上的长斗篷里。她头上没戴头巾或是帽子，又厚又长的黑发披在肩上遮住了脸。看来她就是鞑靼神婆了，她正听着对面的老妪没完没了地说个不停。

马荣坐在门口，双臂抱胸，耐心地候着。他逐一审视着屋子里为数不多的陈设。神婆的背后，一张低矮简陋的木板床抵着墙，床边有两张竹凳。其中一张竹凳上放着一只铜铃铛，铃铛的顶部有一个精心铸模打造的铜钮。床的位置往上，墙上两只睁得溜圆的眼睛正瞪着他。这两只眼睛来自一个与真人等高的凶神恶煞彩色画像。这个怒目金刚的头发根根竖起，在硕大的脑袋周围形成了类似法轮的光环形状。他右手挥舞着一根宗教仪式上作法用到的法器——金刚杵，左手抓着人类头盖骨做成的酒碗。他袒胸露腹，大腹便便，腰胯上围着一张虎皮。脖间挂着条正在蠕动的毒蛇。不知是火光摇曳的原因，还是这个凶恶的金刚张嘴吐舌的嘲弄讥讽，马荣脑海中如走马灯一般思绪纷纷。他觉得这个凶神不是画出来的，而是一尊塑像。由于凶神身后黑乎乎的一片，他无法确定自己的猜想。

他心中不快，将目光从这幅令人反感的画面转移，扫视屋中其余各处。远远的角落里有一堆杂物，侧墙边堆着一摞兽皮，兽皮旁是一只盛水的大铜壶。不安的感觉越来越强，又因为感觉越来越冷，他抱紧双臂，努力想些有趣的事情。他觉得图尔比到底还没有那么糟糕。改天没事了，他应该去看看她，给她带些礼物。然后他又想到了那个叫玉儿的女子，想到了在黑檀木匣里发现的奇怪留言。她最终有没有获救呢？她现在可能在什么地方？玉儿是个美丽的名字，让人联想到清冷高洁的美。他有种感觉，玉儿一定是个妩媚动人的女子。他抬起头，那个老妪的声音终于停了下来。

神婆从裹在身上的大斗篷里伸出一只雪白的手，拿起细木棍拨了拨火堆，用冒着火光的棍尖在烟灰里画了几个图案，低声对老妇人说了些什么。老妇人激动地点了点头，把几个油光发亮的铜钱放到火堆旁边，嘴里快速咕哝着，掀开门帘，消失在门帘后。

马荣正要上前表明身份，就看到神婆抬起了头，他猛地又坐了回去。神婆的一双大眼睛正紧紧地盯着他，那正是早上去古董店路上看到的眼睛。她有一张极其漂亮但神情冷峻的面孔，双唇没有一丝血色，嘴角讥讽又倨傲地弯起。

"你是来问你的老相好是否还对你余情未了的吧，官老爷？"她喉音很重地问，"还是你的上司派你来查证我是否在装神弄鬼、妖言惑众，是否违反了你们的禁令？"她的官话说得一点语病没有。看到马荣瞠目结舌的样子，她继续说道："官老爷，我见过你，今天早上你跟在你的上司，那个胡须很长的县令大人身后，穿得板板正正，比现在强多了。"

"你的眼神还挺尖的。"马荣低语道。火焰变小了，他拖着凳子，坐得离火堆更近了一些。突然，他不知道该问她些什么。

"说吧，你为什么要来这儿？不过我先告诉你，我没有收过赃物！不信你自己看！"

她拨了拨火堆，用火棍指了指墙角。

马荣惊诧地张大了嘴。他先前认为是杂物的那堆东西根本就是人骨！骨头堆里有两颗骷髅，似乎正对着他龇牙咧嘴。旁边兽皮上堆着的是一排股骨和断裂开的胯骨，这些骨头已经发黑，看似有了一些年头。

"该死的，这里是墓穴吗？"他害怕地叫道。

"不管走到哪里，我们不一直都是身处墓穴之中吗？"塔拉嗤笑一声。"死人的数目比沙子还多，数也数不清，和死人一比，活人又有多少呢？死人已经脱离了骨肉的桎梏，我们活在世上的人还在受苦受难。官老爷，对死人你最好要有敬畏之心！好了，说吧，你有什么事？"

马荣深吸一口气。没必要和这个与众不同的女人兜圈子。他干脆不客气地问道："昨天晚上，在东门外，一个叫沈三的恶棍被人杀害。他——"

"你问我这个问题纯粹是浪费时间。"塔拉打断他的话。"我只知道北寮这块地方和塞外的事情。和这个方向相反的城区里发生了什么，我一无所知。不过，你要是想知道刚才你正在惦记的姑娘的消息，我或许可以帮帮你。"看见他一脸蒙，不知道她在说什么的表情，塔拉接着说道："不是叫图尔比的那个荡妇，官老爷。我指的是另一个人，名字是一种珍贵的石头的那个姑娘。"

"你竟然知道……玉儿是什么人……住在哪里……"马荣期期艾艾地问。

"我不知道，但我可以问问我的夫君。"

她站起身，将斗篷从肩上解开。马荣又是吃了一惊。她身量高挑，体态妖娆，但除去斗篷后，她竟然一丝不挂。

　　马荣看着她，一句话也说不出来，心中升腾起一股莫名的深切恐惧，浑身不能动弹。这洁白无瑕的身体看起来不像是真的，她虽然身材曼妙，却仿佛远离人间烟火，不可亵渎。马荣害怕了，这未知的害怕令他退缩。等他用尽九牛二虎之力终于将目光挪开，便看到她之前坐着的不是矮椅，而是一堆头骨。

　　"是的，"她说道，语气里有一种事不关己的冷淡超然。"这只是个开始。别在那儿做白日梦了，把你脑子里不切实际的幻想都丢掉！"她指了指那堆头骨，说道："那才是结束，把所有空头许诺和虚幻梦想都抛掉吧。"她抬起裸着的脚丫子踢了过去，那堆头骨散开了，在地上骨碌碌地滚动。

　　她双腿分开，两只手叉着腰，脸上挂着大大的、含有讽刺意味的笑容，垂目盯着马荣好一会儿。马荣被她看得全身直冒冷汗。他弯腰驼背，大气也不敢出。好像坠入梦中一般，恍惚间，他看见塔拉突然转了个身，从挂在墙上的铁钩上解下根绳子，悬在发黑房梁上的一块带着图案的帷幔缓缓展开，将屋子隔成两个部分。她甩了甩头发，走进帷幔后面。

　　火光似乎即将熄灭。他并没有完全听懂塔拉刚才说的话，不过这些话给了他一种孤寂无比的可怕感受。他盯着帷幔上的奇怪图案，思绪仿佛停滞了似的。忽然，铜铃发出的尖锐铃声让他从心神恍惚中清醒过来。塔拉开始用一种陌生的语言，一种语调没有起伏的声音吟唱，吟唱的声音先是走高，然后渐渐低下来，低到几乎听不到，同时，一股糜烂腐朽的气息压下了樟脑的清香。

鞑靼神婆塔拉（高罗佩　绘）

屋内越来越热，他汗流浃背，浸湿了短褂。忽地，吟唱的声音变成了一阵低低的呻吟。丁零零的声音消失了。他怒气难抑地握紧了拳头，却又无可奈何，指甲掐进了手掌上的茧子，腹中翻腾搅动。

他正以为自己要大病一场时，屋子里的气息猛地变了。樟脑的清新香气取代了之前的恶臭，屋内也没有刚才那么热了。一时半刻，室内安静得如同坟墓一般。塔拉的声音从帷幔后面响起，满是疲惫。

"把布帘拉起来，拉绳缠到钩子上。"

他动作僵硬地起身，照塔拉说的一一办好，半眼也不敢看她。把绳子在铁钩上缠好后，他转回身，只见塔拉横身躺在木板床上，头枕着胳膊，双眼闭合，一头长发垂至地上。

"过来。"她开口道，但并没有睁开双眼。

他坐到床尾边的竹凳上，注意到她身上微微出着汗，下嘴唇在流血。

"你的玉儿姑娘生于壬子年五月初四，生肖属鼠，死于去年，也就是己巳年九月初十，死因是摔断了脖子。"

"怎么会……谁干的？……"马荣开口问道。

"我就知道这么多。我的夫君也告诉了我的死期。别问为什么。走吧。"

他鼓起勇气。"我命令你，你必须告诉我更多的消息，否则我把你带到衙门去，让你……"

塔拉虚弱无力地伸出手，仍旧没有睁眼看他。

"行啊，缉捕批文拿来。"

马荣说不出话来。她猛地睁开眼，眼睛里布满血丝，似乎是被戳破了似的，毫无生气。

马荣感到恶心得想要呕吐。他跳起来夺门而出。门外阳光强烈，晃得他头昏眼花，一时看不清楚路，竟然撞上了一个瘦子。瘦子正是那三个鞑靼人中的一个。他们此刻站在街上，挡住了他的去路，其中个子最高的鞑靼人推了他一下："狗娘养的，长没长眼啊！巫女的滋味不错吧？哈！"

被压抑的怒火和挫败感冲出笼子，腾地爆发了出来。他猛出一拳击向高个子的下巴，将他打倒在地，起不了身。见马荣怒火满面，杀气腾腾，另两人转身就跑。马荣怒不可遏，在后面狂追。看到这个大个子一副不好惹的样子，路上的行人纷纷躲避。追着追着，马荣的脚一扭，踩到一个坑，脸朝下摔倒在地。他慢慢爬起来，一瘸一拐地走着，发现自己已经走到了图尔比家摆摊的那条街。

图尔比站在灶台前，手里握着长柄勺在大铁锅里搅动。从她的后背望去，她正高声斥骂大儿子，大儿子在扯他弟弟的头发，扯得他弟弟尖声大叫。

马荣的怒火渐渐消退。这幅烟火气十足的市井情态使他心中觉得温暖舒适。他看了看天上的太阳，下半晌的时间还没过去，先喝碗热汤垫垫肚子吧……他快速拂去脸上的土灰，咧嘴笑着朝她走去。

八

狄公宅邸。宽敞的宴会大厅内明烛高照，灯火通明。一群侍女正穿梭在前院的花园里，给长得比较矮的树枝挂上彩灯。大夫人身着广袖金线绣纹紫色织锦长裙，正送别来参加茶会的女宾。待最后一位女宾走远后，她略带焦急地看了一眼前衙刑房的后门。管家先前来报说，狄公半个时辰前就已经回府，可他到现在还没有回后衙。她转身对弱柳扶风、穿着素色罩纱曳地长裙的三夫人说："希望夫君及时赶回来迎接掌门师太，晚宴再有半个时辰就要开始了！"

内衙书房里，狄公和洪参军、马荣的碰头会正渐进尾声。狄公靠着椅背坐在扶手椅里，手指抚挲着慢慢梳理着黑色的长须。银质烛台上的烛火照着他憔悴不堪的脸庞。热天里，在荒寺里忙碌了一个下午，回来后又在刑房里查了半天文牍，洪参军疲惫不堪，蜷着身子坐在角落里的竹椅上，细瘦的手搭在膝头，手里无意识地将那张记有笔记的纸笺打开又合上，合上又打开。马荣坐在狄公对面，愁眉紧锁。狄公跟他说了搜寻荒寺的过程和结果，他也告诉狄公自己去鞑靼神婆家的前后经过。狄公叫他把和神婆的对话一字不落地复述了一遍。尽管在图尔比那里，他摆脱了对女人的惧怕，摆脱了再也不能爱上女人的隐忧，但是详细叙述了他和塔拉的惊悚会面后，他还是感到惴惴不安，尽管他不愿意承认这一点。

听完后，狄公最后说道：

"对这个叫塔拉的女人说的一切，我没有什么好评说的。那些话来自一套下流无耻、背信弃义的教理，与圣人言论格格不入，为正人君子所不齿。至于那个名叫玉儿的姑娘，鞑靼神婆的言论令人惊讶。但是马荣，她的伎俩也很容易被拆穿。在她和老妪说话的时候，你正全心全意地想着玉儿的事情，她和其他做类似营生的人一样，从某种程度上说，他们都有些类似读心术的本领。他们说话说得准，有一部分原因也是因为有这个能力。至于她为什么知道玉儿姑娘的生辰八字并断言她已经不在人世，我还不敢胡乱猜测。"

"我们把这个可怕的女人抓起来吧，对她用刑，谅她不敢不招！"

狄公从桌上拿出一张纸，用红色笔墨勾填好缉捕批文，然后盖上衙署大印。他摇了摇头，说："抓捕她这样的人是我职责所在，但是能不能抓得住不好说，我不抱什么希望。当然，她完全明白，抓捕她的批文很快就会发出来，更别说这个时候她在北寮的族人也想除掉她，现在她可能正在往鞑靼境内逃窜。无论如何，先把缉捕批文给捕头，让他去抓人吧。马荣，你去告诉他塔拉住在何处。"

马荣离开后，洪参军问狄公："大人，塔拉为什么要告诉马荣这些信息呢？"

"我一点也不知道她葫芦里卖的什么药！不管怎样，我们现在已经知道，黑檀木匣里的留言完全不是个玩笑。但是至于留言的真正含义……"狄公脸色严肃地盯着黑檀木匣，说话的声音越来越小。木匣现在被他当作镇尺，用来压纸了。烛火映照下，匣盖上的光滑玉片所发出的光芒似乎带上了不祥的意味。

狄公捋捋胡须，视线投向桌上的案牍，但很快又转回到那只黑檀木匣上，视线如此来回往复了几次。

马荣回来后，狄公挺直腰板，不再靠着椅背。

"马荣，拿纸笔来。"他直截了当地吩咐道，"我说你写。"马荣将笔头蘸满墨汁后，狄公说道："布告，有一女名唤玉儿，于己巳年九月走失，有认识该女子并知悉该女子家在何处者，即日起可速向衙门禀报。兰坊正堂，狄仁杰。布告内容就这么些。马荣，把这份布告拿到前衙交给笔吏抄上几十份，今晚便在城内各坊张贴出来。关于檀木匣子里的这个无解之谜，广而告之是我能想出的最好办法了。"

他又靠回椅背，语气轻快地对参军说："洪亮，把你查到的有关紫云寺的情况对马荣说一说。"

洪亮把椅子搬至烛台旁，看了看膝头的记录后，开口说道：

"二百八十年前，天竺僧人建造了紫云寺，建寺的资金由当地各个番邦商会筹集。那时此地番邦商会云集，非常兴旺。边疆战乱丛生的时候，紫云寺也受到了波及，历经磨难，即便如此，佛寺的讲经和法会等宗教活动总是中断不久就能继续下去。然而三十年前，从塞外来了三个比丘和三个比丘尼，他们都是新的佛教教派的传教僧尼。他们在紫云寺挂单安顿了下来。寺里有僧侣受到他们的蛊惑，改信了新的教派。其余的僧众，有的深恨他们的无耻作为，不屑与他们为伍，一走了之；留下来的僧人都成了新教派的信徒。这些新教派的信徒里有鞑靼人，也有汉人。新教派的教理像野火一样在蛮夷各族间迅速扩散。兰坊县城里的蛮族人源源不断地到紫云寺奉香朝拜。大约十五年前，一些德高望重的乡绅向衙门诉告，揭发寺中举行秽乱淫恶的仪式。当时的县令随即着手进行了周密的调查。最终，紫云寺的住持披枷戴锁被押往都城受审，所有的画轴、塑像和寺中的财物都被堆在菜市口公开焚毁了，寺中的僧众也被逐出了兰坊。"

"真是栋梁贤才般的人物啊！"狄公赞赏地说，"对这种恶行，只能这么办！"

洪参军又扫了一眼自己的笔记，接着说道："这些雷霆般的举措在鞑靼人中造成了激烈的震荡，甚至有人想持械冲击衙门。为了平息事态，安抚激动的信徒，县令选了重回佛门正道的一僧一尼，准许他们在山上另建了一座云隐寺，进行官府认可的佛教教派的讲经活动。然而，前来拜佛的信徒越来越少。几年之后，庙里的比丘尼离开寺庙，云游去了。又过了一段时间，比丘也圆寂了。官府封了云隐寺。两年前，兰坊西面番邦属国到我朝献岁纳贡的通路改道至兰坊以北，兰坊境内的外族人口锐减。去年，兰坊县令有意拆掉云隐寺。县里有名的常金匠突然病故，身后也没有留下子嗣。他的遗孀一直是个虔诚的佛教徒，自此便皈依佛门，做了出家人。她请求官府将云隐寺让渡给她，作为她的清修之地。去年秋天，也就是己巳年九月十二日，云隐寺交付给了常师太。我查到的就是这些了。"

"很有趣的故事。"狄公点评道，"但是，马荣，这些并不能让我们的问题变得更加清晰明了。我之前期待的宝藏并没有相关记载。"狄公叹息一声。书房不是很大，大家谁也没有再说话。过了一阵，马荣戴上适才摘下的帽子，说道：

"既然去北寮没查到和杀人案有关的线索，那我想今晚去东门一带试试运气。大人，您以为如何？那边有很多物美价廉的食肆和酒肆。沈三是道上有名有号的人物，不难找到熟悉他的人，然后我可以从他们口中得知沈三的情况。"

"可以。"狄公说，"那边必定有乞丐帮派的头目，他应该知道那些暗地里发生的事情。马荣，你去和丐帮头目打听一下消息。"

"遵命，大人。另外，关于失踪的沈三头颅和另一个受害人的尸体，我相信还埋在紫云寺的树林子里。虽然捕头和衙役们没有搜到，但是以我在绿林中闯荡行走的经验，黑夜里的树林将和白日里大不相同。衙役们白天在树林里搜索时极有可能忽略掉一些征兆，而这类被忽略的征兆在夜晚时会清清楚楚地显现出来。大人，我今晚还想去趟紫云寺，以杀人凶手的心态搜搜看。"

狄公缓缓地点了点头："嗯，马荣你说得很有道理。好吧，那就试一试！我留了两个衙役在山上把守。他们可以帮你开路。别忘了裹上绑腿，听说树林里有毒蛇出没。"他站起身，"我也要快快沐浴更衣到寿宴上去。"

两刻钟后，狄公换上广袖金线绣纹绿色织锦礼袍，戴上峨冠，进入宴客大厅。他出现的时间不早不晚刚刚好。大夫人正引着掌门师太进入前门，她们身后跟着二夫人和三夫人。

狄公快步上前迎见掌门师太。他深施一礼，感谢师太的到来，表示热烈欢迎她来做客。身穿明黄色佛袍的师太双手合十，神态谦和，双目低垂，连鞠躬三次向狄公回拜，感谢狄公邀请她赴宴，致谢之言寥寥数语却用词典雅。狄公好奇地看了她一眼，直到今天，他见到师太的次数并没有几回，只记得她的个头似乎挺高，就这还是她来狄府教导夫人们花艺时的匆匆一瞥，当时她正从前衙往内宅走。狄公知道，她年约四旬，虽然过的是青灯古佛、静修参禅的日子，但容颜依然相当漂亮。师太戴着黑色的兜帽，布巾遮住了她的脑袋和肩膀。她鼻梁高挺，嘴唇比较薄，给人以心志坚定的感觉。

屋角有一张大理石八仙桌，八仙桌下摆放着檀木雕花矮凳。五人在矮凳上坐下。宴客厅的六扇门全部打开，晚风吹进厅内，带来习习凉风。坐在这里，人们可看到前院里的小花园，流光溢彩的喜庆灯笼照在深绿色的枝叶上。两个侍女上前为众人奉上茉莉香茗，另有一个侍女端上放有蜜饯和瓜子的小碟。三位女眷和师太都恭敬地等候狄公提起话头。

"师太，我得先和你交个底，"他开口说道，"今晚的宴席都是些家常菜肴，我只希望到时候那些家常便饭能入得了您的口。"

"县尊言重了，聚会的意义不在于美馔佳肴，而在于友朋相会。"掌门师太严肃地说道。"我要向您表达我最诚挚的歉意。今天下午我的侍女言行无状，对您实在是太过失礼了。县尊到了云隐寺之后，她本应该立即向我通报，这是她的本分。她是个无知的乡野蠢妇。我已经责罚了她，不过……"她抬起圆润的手掌，向狄公做出请求的姿态，露出了手腕上的水晶念珠，行动间，一颗颗水晶念珠摩擦相撞，发出悦耳的声音。

"些许小事，何足挂齿！"狄公对师太安慰道，"适才正想和您确认一下，昨天晚上，有几个地痞恶棍在荒废已久的紫云寺捣乱生事，他们是否打扰到您？我在云隐寺时，您的侍女说她既没看到也没听到任何异常情况。"

师太抬起头，用一双静谧无波的大眼睛看着狄公。

"很久以前，曾经有邪门歪道的教派在那座寺庙里兴风作浪，误入歧途的信徒们举行亵渎佛门的教派仪式，但是我佛法力无边，慈悲为怀，即使是那些异端教徒也会受到佛祖的点化。"她伸出雪白的手，端起茶杯，啜了口香茶。"对于我的侍女，我怀疑她并没有将她知道的一切向您坦诚相告。"听到这话，狄公抬了抬眉毛，师太继续说道："她总是和从云隐寺下面树林路过的地痞流氓搭讪，我怀疑她不贞。有一天晚上，她和一个破衣烂衫的乞丐有说有笑，就在云隐寺的门口，被我当场抓住。我用藤条狠狠地抽打她，但我不能确定这样的惩戒是否有用。"她一粒粒地转动手腕上的水晶念珠。

狄公为大夫人举办的寿宴（高罗佩　绘）

"您不能再留下那个侍女了！"大夫人惊呼。她转头对二夫人说："你去问问和你一同修佛的官绅夫人们，也许她们可以替师太找到合适的侍女。"

二夫人略带尴尬地看了狄公一眼。到了兰坊之后不久，她就做了居士，也就是不出家的佛门弟子。她识字不多，佛家的教义简单易懂，各种仪式和活动也很有意思，对她来说，这些都很有吸引力。尽管狄公并不反对她信仰佛教，但她知道他也并不怎么高兴。但是，此刻狄公并没有注意二夫人的心思，他的注意力在别的地方。侍女春云和那些地痞流氓打交道，显然是因为她的日常生活太过沉闷，想找些乐趣而已，而正因为如此，她或许能提供一些有价值的信息。

"我已经命我的护卫马荣今晚到紫云寺做一番彻查。"他对师太说道，"也许他会到云隐寺找您的侍女问话。"

"大人，若是能当着我的面盘问春云，收效可能会更好。"师太一本正经地说，"若是单独面对您的属下，她可能会……呃，使你的属下分心。"

"当然了，我会……哈哈，孩子们来了！"

乳娘领着狄公的小公子和小千金进入宴客厅，其中最小的孩子只有三岁，长得虎头虎脑，被乳娘抱在怀里。大夫人带着孩子们见过掌门师太后，管家进来说可以开宴了。

他们走到厅堂另一侧的大圆桌前，狄公在首位入座，他身后是一张靠墙而立的雕花桌案。桌案上方的墙壁上挂着一幅巨大的卷轴，上面正是他中午挥毫写下的"寿"字。他请师太右首上座，大夫人在他左首就座，二夫人和三夫人则面对面依次坐好。

大夫人命乳娘带着孩子们回去，然而小公子看上了她插在金簪上的鲜花，伸手要去抓，不愿意离开。大夫人只好让乳娘留下来，抱着小公子站在她身后。

　　他们品尝着桌上的开胃凉菜，这时，管家端上第一道热菜，一盘煎豆腐。大丫鬟向酒杯中斟满酒。狄公举杯致祝酒词。晚宴这才真正开始。

九

▼

　　大致与狄公和夫人们饮宴的同一时刻，马荣来到关帝庙后街专卖粗劣酒水的酒肆柜台前。看到衙门的公差来了，坐在酒店里的两个扛大包的苦工急忙付了酒钱离开了。酒肆的主人，一个敞着上衣、露着胸毛的高个子莽汉走上前来，把一只挂在酒肆堂前的油灯挪到了堂后。

　　马荣明白这是什么意思。他头上戴的是县衙差役专戴的黑色帽子，惊吓到了在店堂里吃酒的客人。他从袖中掏出一把铜钱摆到柜上，向那莽汉要了一碗酒。店主正要伸手搂钱，马荣迅速提起蒜钵儿大小的拳头压住铜钱。

　　"别着急，好汉。这钱可不是那么好挣的！我想跟你打听打听沈三这个人。他昨晚被人杀了，你认识他吧？"

"怎么不认识？又一个出手豪爽的客人没了！他本来很快就能比以前还要豪爽。他前几天跟我说他在干一票大买卖，能挣到大笔银子！"

"这个买卖里还有个鞑靼人的分儿吧？"

"有个鸟！沈三不是你们嘴里说的良民，但是他和那些番邦杂种可是路归路、桥归桥，尿不到一起去！"

"那他给谁跑腿？力气他有一大把，但脑子可没多少，论单打独斗，他可干不成什么大买卖。"

店掌柜耸了耸肩。

"我感觉像是去勒索什么人。这种活儿沈三一个人完全能应付！"

"那你知道他要勒索的是谁吗？"

"这我可不知道！沈三是个嘴上没把门儿的，但干的具体是什么买卖，他一点口风也没露，只说会有大笔的银钱进账。"

"那杂种家在哪里？"

"他没有固定的住处，三天两头换地方。近来倒是常在紫云寺过夜。再来碗酒？"

"不用了。你说被他勒索的那个人会不会也住在紫云寺里？"

"你发癔症了吧！紫云寺里有什么人可以勒索，我问你？那个一身孝的女鬼吗？"他往地上吐了口痰。

"丐帮头目大概知道。现在的头目是谁？"

"没有谁，官老爷。穷老百姓要想在兰坊城里讨生活，难！先是钱牧这个狗娘养的杂种和他的狗腿子使尽了卑鄙手段，把城里大大小小的生意都抓在手里。后来又是那个黑胡子的狗——说错了！说错了！嘿嘿，我自己掌嘴！我的意思是，现在的县大人接管了兰坊，他明察秋毫，好智谋，好手段！好家伙！我还没回过神来，钱牧这老贼就被拿下了！听着，官爷，行个好，走人行不？你在这儿，我的生意都没法做了。你要是想找人侃大山，去找老丐王吧。"

马荣把铜钱推过去给他。

"你刚才还说没有丐帮头目这么个人！"

"是没有呀。不会再有了。丐王以前是个很不好惹的客人。他是个货真价实的铁塔一般的大汉，我觉得他有鞑靼血统。他是道上的老大。不过嘛，他现在老了，人一老就不值钱，他的胆气没有以前足了。我相信他在地底下哪个旯旮里猫着呢。多谢你的酒钱了，但是不到万不得已，你还是别光临小店了！"

马荣嘟囔着走开了，心中觉得沈三的勒索就是双重谋杀案的杀人动机。紫云寺里藏着的东西可能就是一堆敲诈信。被勒索的人先是想找到那些写有他把柄的敲诈信，寻找无果后便杀了两个勒索他的人。

马荣又花了半个时辰走了四家酒肆。走出最后一家酒肆后，他自言自语地说："真希望乔泰和我一起办差。有个聊得来的朋友一起说说话，差事办起来也会容易得多。真想知道乔兄在京城忙些什么。我敢打赌，他定是看上了哪个小娘子，但人家小娘子没看上他！唉！灌了一肚子的黄汤，什么有用的也没探听到。大家都知道沈三只会逞凶斗勇，为人并不精明，除了阿刘并没有其他的朋友。我也不指望从那个叫丐王的人那儿得到什么有用的消息。貌似他是个黄土埋了半截身子的人了，苟延残喘地过着日子，身边只有一个旧日心腹留下来陪着他。我应该——"

他四下张望，看到一个高瘦的男子追赶过来，此人正是画师李勔。

"李官人？你怎么会到这么偏的地方来？"

"哦，是马差爷啊，我的助手杨生今天没来，我有点担心他。他有个喝酒的嗜好，但他每次去喝酒总会提前跟我打好招呼。我到这边的酒肆来找找，看看能不能找到他。您上哪儿去？"

"我要上山去紫云寺。回头你若是找不到杨生，就告诉我一声，衙门有一套惯用的办法，可以试试。回头见！"

马荣溜溜达达地走到东门，向守城门的兵卒借了一盏小巧的风灯，然后到城门外随便挑了一家路边食肆，吃了点东西。然后，他整理好心情，踏着上山的石阶往紫云寺走去。此时，夜幕已经降临，暑热消散，可他却爬山爬得浑身酸痛，汗如雨下。

"真奇怪，他们怎么总是把寺庙修在这么高的山上？"他自顾自地抱怨道，"照我看，是为了离天上的神仙佛祖更近一些吧！"

刚走到紫云寺山门前的空阔地，就有两个衙役从一株柏树后面跳出来，手里挥着长棍向他冲来。认出来人是马荣后，他们赶紧抱拳行礼，并报告说站岗放哨到现在，他是第一个上山的人。见他们如此尽忠职守，马荣很满意。他认出两个衙役中有一个是小冯，这是个聪明机灵的小伙子。

"我要去寺里巡查。"他对两个衙役说，"你们就待在原地，要是我需要你们帮忙，我就吹口哨招呼你们，要是你们发现了什么可疑人物，抓住他，也吹口哨来通知我。"

他穿过山门，在紫云寺前院流连了一会，没有查到什么。一轮满月挂在天上，洒下满地清晖，照得寺内惨淡一片，越发显得荒凉凄清。

"左边的园子肯定大得没边儿！"他自说自话道，"嗯，我得好好合计合计。我要先到大殿里瞅上一眼，再把我自己想象成凶手：有一具无头尸体没有处理，手上还提着一颗人头。"

他走上正殿大门前的台阶，发现狄公来山上转过一圈后，捕头已经把六扇殿门全部用封条封起来了。他撕掉封条，用力晃动又旧又破、翘曲不平的隔扇，直到将其中一扇门推开。正要进入殿中，他突然停住了脚，动也不动地站在那儿。他听到从后殿传来一声关门的声音，大殿内很快又沉寂下来。他把没有溢出口的脏话又收了回去，用火折子点亮风灯。他高高举起灯笼，进入殿内。灯光照亮了粗大的石柱和大殿尽头的巨大供桌。他快步走到供桌旁的一扇小门前。因为刚才的关门声似乎就是从这儿传来的。他推开门。门下有两级台阶，通往狭长的后院，院中没有人影。

"明摆着，捕头应当把这扇门也封起来！"他发着牢骚。"但也可能我听错了。"他用力吸了吸鼻子，忽然心生警觉。他在殿中闻到了腐朽糜烂的恶臭，和他在塔拉家中闻到的一模一样。"天呐，难道尸体和人头就藏在这里？大人没有搜查这里，因为石板地面上蒙了一层灰，没有任何异样。"他将灯笼举过头顶，看向屋顶的房梁。"门口上面的洞穴里有没有呢？要是有架梯子就可以把尸体放到那里。凶手有一整晚的时间，足够他把尸体放上去了！"

马荣将大殿中间的两扇隔扇打开，在门脚放上两块平坦的石头，挡住房门，又把灯笼挂在腰带上，一脚踩在殿门棂格之间的空隙里，一手抓住门板上沿，提身跃上门板，两腿叉开，分别落在两扇门上。脑袋一抬，恰好可以看到黑咕隆咚的洞穴。一个黑色的东西撞到他的脸上，让他差点没站稳掉下去。

"该死的蝙蝠！这种地方能装下上千只蝙蝠，两具尸体也不算什么。但是洞里没尸体，也没有人头。里面的气味也和刚才在大殿里闻到的不一样。"

他从门板上跳下来，吹灭灯笼，站在门口，看着门外庭院右手边的园子。

"那边那棵高大的柏树树根凸起，一定就是阿刘靠着呼呼大睡的那一棵了。我是凶手，我把尸体往肩上一扛，走下台阶，到了院子里。人头用围领包住，提在手上，或者我把这颗珍贵的人头交给了我的朋友。然后……"

他突然闭上嘴，两眼直勾勾地看向柏树再往前的草地，抬手擦了擦额上的冷汗。

"我发誓，我看见一道白色的身影飘过去了！有可能是个女人。她个子蛮高，身上的白衣拖到了地上。跟上她，看看有什么鬼！"

他跑起来，穿过院子，超过柏树所在的位置。然而那地方只有密密麻麻一片长满了刺的野蔷薇。

"鬼影跑哪……"他刚要开口便打住了，低头弯腰看向折断了的花枝，小心翼翼地分开低矮的枝叶，他咧嘴笑了："是了！这里有条路。不对，我应该说这里以前有一条路，路上已经长满了杂草。"

他伏下身子，四肢着地，在地上匍匐而行，头上枝干相连，身下杂草丛生。作为一个老江湖，他知道，这是一条被杂草掩盖起来的旧路。没过一会儿，他便能站起身来。他继续往前走，不发出一点声响，时不时地停下来，侧耳细听，但除了蝉鸣声、夜行动物偶尔一两声的鸣叫，他没听到其他的动静。他点亮灯笼，检查灌木丛。有几片叶子上沾着暗色的血滴。他的方向是对的。

这条罕有人至的小路在高大的林木中蜿蜿蜒蜒，通向一块小小的空地。到了这里，路口有了分岔。

"我敢说，这条岔路一定通向紫云寺后山。"他嗅了嗅四周的气味，树叶腐败、沤烂、阴湿的气息被一道微弱的香气冲散。"是杏花的味道！前面一定有杏树！我选右面这条路。"

往前又走了一小会儿，他便看到一口古井，井周围是高高的杏树。白色的花瓣洒在长了青苔的石头上，如同落了雪一般。古井的另一侧是浓密的灌木丛，再往前是一堵高墙，墙壁坍塌，大片墙体倒在地上；墙上留出几尺宽的豁口，墙根下是一堆碎砖和大石块，上面杂草蔓生。

他抬头看了看，从杏树枝丫的空隙中，他能看到紫云寺大殿左侧的佛塔。这让他辨明了自己的方位。

"这口枯井的位置必定是在该死的紫云寺花园后方，寺中最边远的角落。咦，那个美丽的鬼影哪儿去了？她要么是从墙上的豁口消失了，要么就是走了前面的那条岔路。总之，那女鬼不在

马荣在紫云寺里发现了一口枯井（高罗佩 绘）

这儿。我的心可以放到肚子里啦！"

他感到很不自在，所以大声地自言自语。在这个世上，他独独害怕鬼神精怪这类东西。他的视线扫过黑乎乎的树林，但树林中并没有什么异动。他耸了耸肩，回头看向古井。

"这真是个抛尸的绝佳场所！没错，看看井沿上的黑点！沿着砖缝也有！是红得发黑的人血！"他向井内窥视。"井太深了，我估计能有两丈深。井上的藤蔓太多，井绳也烂得够呛，不过我敢说，挂个灯笼还是可以支撑得住的。"

他将井绳的绳尾绑在灯笼的提手上，将灯笼缓缓放到井里。厚厚的藤蔓底下是沿着古井内壁砖缝向井底深处攀缘的藤茎。沿着井壁向下，砖壁大片大片地脱落，他集中目力，看向井底。

"除了石头和高高的杂草，什么也看不到！"他失望地嘀咕道，"但是尸体肯定就在井下。"他快速将灯笼从井中提出来，别在腰带上。之后，他爬上井沿，紧紧抓住一根粗壮的藤茎，试探着用脚在井壁上寻找落足点。他虽然是个功夫高手，但是每一个动作也要小心，因为井壁很多地方一踩上去就会有旧砖掉下去。终于，他下到足够的深度，可以一跃跳到井底的杂草上。他马上往旁边走开一步，因为他的右脚刚才好像踩到了一个软软的东西。他弯腰一看，脸上露出开心的笑容。他踩到的是一条人的腿。拨开杂草，他看到一具又高又壮的无头男子裸尸，尸体背部向上，满是刺青。

马荣屈膝下蹲，举高灯笼，照在尸体背上繁复的刺青图案，绿色、蓝色和黄色的文身色彩鲜艳分明。

"这家伙肯定花了不少钱！"他心想，"虎头文身布满了后背肩头，这个图案原本是为了保护他，让他免于被人从背后偷袭的吧？可惜了，这次没起到作用。致命伤恰好是左肩胛骨下的这一刀。他是沈三无疑了！瞧瞧这胳膊腿上鼓鼓囊囊的肌肉！哎呀，另一个受害人的脑袋呢？"

近似圆形的井底地方不大，他搜了个遍，除了一捆蓝色的衣物，一无所获。井底有块地方砖石塌了一大块，在井壁上形成一个高约四尺、深约三尺的佛龛形状的坑洞。他蹲下身，伸出灯笼往里边照了照。一只鼓着眼睛的大蛤蟆正瞪着他，眼睛一张一眨的。

马荣耸了耸肩。"这么看来，凶手是把人头带回家了。嗯，好吧，我再爬上去吧。让衙役们拿绳子和担架来——我的老天爷呀！"

一块巨大的墙块猛地朝井里砸了下来，离他的左肩就差个一寸半分的距离。最后这块墙块砰的一声落到了沈三的背上。电光火石之间，马荣踢翻灯笼，团起身体，躲进井壁的壁穴。他两腿并紧，小腿支起，双臂搂腿，下巴抵住膝盖，刚刚好躲进壁穴中。

又有墙砖一块接一块地砸下来。

"住手，你个笨蛋！"他叫道，"啊……你砸到我肩膀了！停下……"他佯装疼得连声大叫，然后低声呻吟。更多的砖块扔了下来，随后砸下来的是带着苔藓的石头。有一块石头蹦到井壁上又弹了回去，砸到了他的左脚。他艰难地忍住疼痛不发出声音。又有几块砖落入井里，接着一切又再次平静下来。

马荣在壁穴里躲了很久，直躲得浑身麻木。他竖起耳朵仔细听着上面的动静，直到很久都没有声响了他才从洞里爬出来。他揉搓僵硬的双腿，盯着井口，确定上面没有异常后，他捡起灯笼，并将之点亮。

沈三的尸体被压在一堆几尺高的石头砖块下面。

"沈三，我们晚点会把你弄上去。把你刨出来的活可不轻松。"他小声说，"不过现在嘛，我要先利用石堆从井里爬出去。等出去了，我要好好看看是哪个好心人砸了一堆石头在你身上。"

十

　　停尸间的验尸台上放着沈三被砍去头颅的尸体。狄公站在验尸台的一侧，穿着睡衣，头发用布条简单扎了个髻，正专心致志地查看尸体。马荣站在验尸台另一侧，手里举着烛台，身上衣衫破烂，沾满泥浆。

　　此刻正值子时过半。晚宴刚一结束，师太就告辞而去。狄公和三位夫人抹了几回骨牌，没过多久便和大夫人相携去往卧房。他们在房间里喝茶消食，兴致盎然地聊着结缡二十载来的种种情状，聊着聊着，便酣然入睡。管家急切的拍门声惊醒了他。管家让房内值夜的丫鬟转告，马荣已经回府，并有紧急案情须禀明大人。见到狄公后，马荣赶紧带他去往停尸间，并向他汇报自己是如何发现的尸体。

沉默良久，狄公抬起头。

"这样看来，沈三脸上没有显出被勒死后的痛苦表情就说得通了。"他说出了自己的看法。"刺在他后背的这一刀是导致他死亡的最主要原因。另一个受害人才是被勒死的。马荣，你知道有可能置你于死地的那个人是怎么跟踪你的吗？"

"咱们衙门里的捕头是只笨驴，他没告诉小冯捕快和另一个捕快，后山还有一条路可进入寺中。我也没聪明到哪儿去。"他心里不是滋味儿地说。"下井之前，我应该先看看身后有没有人。井对面的寺院外墙上有个豁口，歹徒肯定是从那个地方看到了我的动作。我在大殿时也许他也正在里面。我感觉我听到了供桌边的小门关上的声音，但我不能笃定。两个捕快从井里往外搬尸体的时候，我去看了看紫云寺的后院，发现沿着外墙有一条小径。凶手一定是顺着那条小径走到古井对面的外墙豁口去的。他不可能在花园里就尾随我，否则我定能有所察觉，以我的本领，这点不在话下。"

"你刚才还提到你见过一个白色的人影？"

"哦，那个嘛——"马荣有点不大自在地说，"大人，那肯定是月光太亮让我产生了错觉。鬼魂可扔不动砖头！"

狄公俯身观察沈三背上的刺青图案。

"沈三后背瘀痕累累，全是偷袭你的人扔下井的石块砸出来的。"他说道，"沈三深信鬼神之说，如沈三之流皆是如此。虎头文身之下是一对象征恩爱白头的鸳鸯。鸳鸟之下是他的名字，鸯鸟之下——天，马荣，烛台靠过来一些！"狄公指向沈三腰臀处的一块蓝色文身，那片文身要比背上的图案小一些。"看这里！这是和紫云寺有关的文身！可惜这块皮肤被砸得太狠了，不过我倒是能认出文身下面的四个字，'多金多福'。"

狄公直起腰来，看着马荣。

"马荣，现在我们清楚凶手为何要调换尸体了！根源就在沈三后背的文身上！沈三在查找藏于紫云寺内的黄金，凶手也是如此。"

"大人，傍晚的时候，我在城里跟人打听过。那人觉得沈三在勒索什么人。"马荣大略说出寺里有勒索信的猜想。说完，他总结道："这种情况下，'金'指的就不是藏于寺内的黄金，而是沈三有可能勒索到的金钱。"

"这种可能性当然有，我们先记在心上。马荣，虽然案情很复杂，但至少可以先排除此案有鞑靼人参与杀人的可能性。我们已经知道，沈三是被刺中后背要害而死，另一个受害人是被绳子勒死。他们是死后才被凶手砍下的脑袋，即使凶器是鞑靼板斧，凶手也无须用到什么技巧，只要有力气就可以做到。"想了一想，狄公又补充道："怪哉，凶手怎么没有把另一个受害人的头颅也扔到井里？你刚才说只有一捆衣服？"

"是的，大人。我放在墙角。"

"好。把衣服拿到书房。马荣，你出来后锁上门。"

刑房内空无一人。走廊里发出沉闷的脚步回声。狄公一边走一边问："马荣，都有谁知道你找到了尸体？"

"大人，除了小冯和另一个值守捕快，没有别人了。我和他们说过，不要让衙门里的人知道我找到了尸体。我们先用毯子裹好尸体后才往衙门搬，我们对守城的士卒佯称是在树林里找到一具流民的骸骨。"

"很好。就让凶手认定他已经将你杀死，时间越长越好。明天天亮后，你和小冯捕快最好先将沈三的尸身和他被割下的头颅放在一起火化掉。沈三虽然是个恶棍，却也应当无缺无损，完整体面地去往地府。"

一回到书房，狄公便疲惫不堪地往扶手椅上重重坐下。马荣用手上的烛台点亮桌案上的灯烛。"对了，大人。"他对狄公说道，"我今晚在紫云寺大殿里闻到一股恶臭，让我想起了在塔拉那个恐怖的女人家里闻到的腐臭气味。"

"我下午在大殿时并没有闻到什么怪味，那定是死蝙蝠发出的臭味了。殿里有很多蝙蝠。说到鞑靼女巫，晚上举办寿宴的时候，捕头禀报说没有抓到塔拉，正如我所担心的那般。她要么是跑了，要么就是躲起来了。衙役们在那片坊区搜了个遍也没有搜到人，坊区里的住户都很配合官府的搜查，显然他们对那个鞑靼神婆又怕又恨。我们要是抓了她，他们反而称心如意。你懂那些番邦人是什么德行。神婆巫祝的预言准确有用的时候，那些番邦人就把他们奉若神明，一旦他们的预测不准了，那些番邦人转眼就能翻脸无情。若是坊区里的鞑靼人胆子够大的话，他们就能杀了神婆。马荣，麻烦你看看茶壶里是否还有热茶？"

马荣为狄公斟茶倒水，狄公接着之前的话题继续说道："师太在晚宴上说，她的侍女曾经和去紫云寺过夜的流氓赖子调情说笑，是个性情轻浮的姑娘。马荣，你得去趟云隐寺，向那个侍女探探消息，不过别让师太知道。师太曾说若是我们找她的侍女问话，她也想在场旁听。但假如师太在场，那姑娘绝对一句实话也不会说。"狄公放下茶盏，想要打个哈欠，不过硬是忍住了。"好了，我们来看看那捆衣服。"

马荣展开包成一团的衣裳，里面有一件干净的蓝色短褂，一条裤子。他把两件衣服铺在自己刚才坐的椅子上，手伸进袖子里摸了摸，又顺着衣缝捏了捏。"大人，衣服里什么也没有！凶手没给我们留下侥幸捡漏的机会！"

狄公捋着胡须，盯着两件衣服陷入了沉思。忽然，他抬头看向马荣："你之前跟我说过，李画师的助手杨生不见踪影，李正在找人。早上裁缝说杨生和一帮地痞无赖混迹一处，是个酒囊饭袋。阿刘从前告诉过我们，沈三和一个店伙计模样的高个子男人私下里谋划着什么。我有一个大胆的猜测，当然，虽然是猜测，却也不是无的放矢。这个我们还无法确定身份的受害者有没有可能不是别人，正是行踪不明的画师助手呢？"

"这个——"马荣想了一下，对狄公说："我们明天可以传唤李勋到衙门，让他辨认一下尸体。画师的眼神都很敏锐，也许他能通过手掌的形状和身材的大致状况认出——"

狄公举手阻止："不，在黑檀木匣的谜团没有解开之前，我还不想让李勋参与到案件中来。马荣，那边的几案上有个水盆，去装满清水。"

不明就里的马荣老实照做。狄公又吩咐道，"盆子端过来，放到我面前。好。短褂拿来，举到盆子上方，我拽一头，你拽那头，用尺子拍打。"

马荣拍打短褂。狄公把烛台挪到近前，细细观看落入水中的灰尘。片刻过后，他抬起手："行了，现在换裤子！"马荣用长木尺奋力敲打了一会儿后，狄公说："可以了。来看看有什么落在水里。"

他探头看向水盆，仔细观察水里的东西。"不错。"他满意地说着，回身坐到椅子上："的确是杨生。你瞧，水面上这些灰色的漂浮物都是寻常可见的灰尘。不过你看到沉到水底的细微颗粒了吗？绕着这边的两颗微粒的是圈小小的红色晕团，红色正在逐渐扩散。这儿，我手指着的地方，你可以看到黄色夹着蓝色晕染出来。这些都是作画用的彩粉颗粒。杨生肯定是在清理李勣的画室时，衣服上沾了画案上的颜料。马荣，我们的进展不错！"

他站起身，在书房中来回踱步。倦怠和睡意已经不翼而飞。"马荣，既然一个猜想已经得到了证实，那么我就要做下一个猜想了。关于双重杀人案的动机，我不认为你的勒索说站得住脚，至少和你认为的不完全一致。然而，假如我们对沈三后背文身上的'金'字就按照字面意思来理解，显然，'金'指的就是紫云寺里藏有大量黄金。洪参军已经下功夫查阅过关于紫云寺历史的所有文献，没有查到紫云寺在几百年历史中埋藏过金银财宝的任何记载，哪怕是相关隐晦的内容也没有。即使是藏过，官府在整顿紫云寺时，衙役们也该发现了。相信他们诘问过寺中的僧侣，也挖地三尺地仔细搜查过。"

他再次回到椅子上坐下。

"马荣，我的猜想是，他们找的是户部郎中的黄金，也就是那五十个分量十足的金锭。"

"但是大人，黄金早在去年就被盗了！"

"确实没错。但窃贼必须要隐匿很长一段时间，避开风头，直至官府放弃追查黄金的下落。假设他只告诉了同伙或者主谋他把黄金藏在了紫云寺，但却并没有松口说出藏匿的具体地点呢？假设他们收回黄金之前，窃贼就已经死了呢？这么一来，其他人便陷入了困境。他们只好在寺里寺外，甚至整个紫云寺范围内搜索。杨生和沈三或是各自，或是共同发现了他们的动作。二人先是想讹他们一笔钱——马荣，你的勒索假说用在了这里。但是杨生和沈三低估了对手，反被他们取了性命。"

马荣急切地点头："大人，我觉得您的猜测真是直中靶心！五十个金锭怎么装都行，可以装在一起，打成方形的包裹，或者长条形的包裹都行。也可以分成多个小包裹，诸如此类。这也解释了搜找寺庙的人为什么既会翻动禅房的地面，又会查看佛塔内的墙壁了。"

"的确。马荣，黄金还在紫云寺，没被找到！假如杀害沈三和杨生的凶手找到了金锭，那么不管凶手是一个人还是几个人，都没有理由去调换尸身和头颅。他们完全可以杀人之后拿走黄金，马上远走高飞；没有必要阻止我们发现刺青上的线索。他们也不会在今晚再次回到紫云寺中，更不会想杀了你。黄金还藏在寺中的某个地方，我们必须找到！马荣，我们明天上午要去趟紫云寺。现在歇息去吧。"

十一

　　翌日，黎明时分，马荣和小冯捕快收拾好沈三的尸身和首级，放入监牢后面的火炉中焚化。处置完尸体后，马荣去差房和洪参军一起吃了早饭，向他细细地讲述了自己前一天晚上的冒险经历。用完早饭，两人一起去了狄公的书房。

　　狄公向洪参军复述了一遍自己的推论，好让他明白案情的进展。"所以，现在，我们面前有两项任务，"说完自己的推论后，他总结道："找到被藏起来的黄金，抓到杀人凶手。我们早上先去趟紫云寺，叫上——进来！"

　　捕头走进书房，向狄公道声早安后，禀报："致仕刺史吴老先生有急事面见大人，一同求见的还有钱庄老板李励李官人。"

　　"吴刺史？"狄公生气地反问道。"啊，是了，我想起来了。县衙举办祭祀大典时我见过他一两次。他是不是骨瘦如柴，稍微有些驼背？"捕头点头称是。狄公说道："这是位年长德勋的君子，为官勤勉，廉洁奉公，不过时运不济早早便退出了官场。他的叔父做生意亏光了本钱，虽然本朝律法并没有规定吴刺史有代为还债的义务，但他还是执意替叔父偿还了所有欠账。然而，他的叔父在那之后不久便驾鹤西归，自那以后他没有一文一毫的收益，他的官几乎做不下去。他上书辞去官职，离开故土到兰坊定居。此地的开销比其他州县都要低，在这里，也少有俗务人情往来。另一个人是谁？你刚才说是叫李劢吗？"

"是的，大人。李劢李官人在东市经营一家小金银铺，同时做一些吸储放贷的生意，他是吴老先生的朋友。"

"大人，李劢就是画师李劼的兄长。"马荣插嘴道。

狄公起身，叹了口气。"好吧，洪参军，去迎接客人吧。带他们去花厅。我去更衣，稍后就来。"

马荣帮狄公穿上绿色织锦官袍。接见诸如刺史等致仕官员时，县令必须按照来访官员的品级给予对方应有的尊荣。狄公带上软翅乌纱官帽，冷冷一笑，说道："吴刺史求见的时机极不合适，不过他为官多年，至少可以简明扼要地说明来意。"

和马荣穿过中院，狄公抬头看了看天。比起昨日，热气散了许多，这预示着今天会更凉快些。他们登上通向花厅入口的大理石台阶，花厅便建在高高的台基之上。洪参军正站在红漆廊柱旁等候，见二人到来，忙引他们进入花厅。

见狄公进门，坐在茶几两侧的两位访客连忙站起身。年长的访客上前一步，向他作揖致意。他面色赤黄，脸形瘦长，颔下蓄有小束山羊胡须，唇上的胡子从两侧嘴角垂下，须色花白；身上穿着一件金线绣纹深蓝色长衫，头上戴着一顶黑纱高冠，前额帽檐中间嵌着一块碧玉。狄公一边按照典制与这位致仕官员互致问候，对他殷切慰问，一边在暗地里偷眼打量站在吴刺史身后的另一位来访者。那位访客身材高大，体格健壮，白面圆脸，双目低垂，唇上一道乌黑短髭，额下的胡须很少。他身穿灰色长衫，头戴经商之人惯戴的小帽。

狄公请吴刺史入座，他自己则在贵客的对面坐下。钱庄老板仍旧站在吴刺史身后。马荣和洪参军各自散开在矮凳上坐下。

胥吏送上茶水。狄公身子靠在椅背上，语气和悦地问："尊驾一早来访，不知有何见教，可有本官效劳之处？"

吴老先生神色严肃地望了望他，道："县尊明鉴，在下此番前来乃是向您询问有关小女之事。"见狄公表情困惑，他急躁地说："阁下昨晚既已贴出布告，定是有小女玉儿的消息。"

狄公端正坐好，为吴老先生续上茶水。"在我说出玉儿下落之前，能否请尊驾告之李官人与您相伴来访是何缘故？"

"这个自然。小女失踪一个月之前，我已经将她许婚给李官人。自此之后，李官人再未与人谈及婚娶，是故，他有权知道小女的下落。"

"本官明白了。"狄公从袖中取出一柄折扇，扇了起来。过了一会，他对吴刺史言道："事情发生在去年，在我来兰坊上任之前。我的消息皆是道听途说，万望尊驾将令爱失踪的前因后果略为相告。您也知道，府衙中的案牍对此事并无记载。"

老刺史眉头紧锁，用枯瘦的手指捋了捋山羊须说道："玉儿是我的独生闺女，先妻三年前过世，只生养了她一个。待她长至二九年华，我挑中李劢与她为婿。李劢曾经帮我打理过钱财上的生意，我觉得他人品持正，颇具才干，此外我们还是同乡，都是北方人氏。小女同意了。可是，家门不幸，我招募了一个名为杨牟德的年少生员做幕僚，为我做些书写抄录之事。杨生是本地人，言行得体，还有本地贤士大力举荐。不曾想，在下年事已高，耳不聪，眼不明，识人不清，终致悔恨。杨牟德竟是个奸邪小人，他背着我引诱玉儿不守妇德。"

钱庄掌柜躬身对刺史说了些什么，但是吴老先生直摇头。

"李官人休再多言，我自有主意！"他回过头来，继续说道："——小女不谙世事，杨牟德轻而易举就使小女倾心于他。九月初十晚上，用过晚膳，我对小女说次日就去寻卜问卦，好择取佳期吉日，为她和李官人操办婚礼。可是，孽女却冷心冷肠地告诉我，她不要嫁给李官人，因为她倾慕的是我的幕僚杨牟德！听了她的话，可想而知我是何等惊异。我立即让杨牟德前来见我，可是这厮却出门去了。我厉声呵斥小女，我得承认，言辞非常苛刻。但面对这样令人生气的变故，谁的态度又不会严苛？她倒好，离家出走了！"

老刺史摇了摇头，端起茶杯喝了口茶。

"之后，我又犯了个大错，县尊。我以为玉儿去了她的姨母家。玉儿的姨母住在北面，和在下的宅第只隔几条街。她是玉儿母亲的胞姐，是位上了年纪的贤良人，玉儿对她孺慕情深。我原想，小女是去寻求姨母的安慰了，第二天早上就会回府向我认错。可是等到中午，她也未曾回来，我打发管家去接。可是姨母却告诉管家说玉儿根本没去她的府上。我叫来杨牟德，可这恶棍却声称对玉儿的失踪毫不知情，并且卑鄙无耻地说他只是偶尔与小女相遇时才会和她打个招呼，从未与小女有过男女私情。我骂他是个骗子，满嘴谎言，又找人打听了一番，打听到杨某那晚确实是去了教坊。我自然是将他辞退了。随后我找来李官人，到处打探玉儿的下落，花掉无数钱财。可是，玉儿却失去了踪迹，无处可寻。我们想来想去，唯一的可能便是她在去姨母家的路上被人掳走了。"

"尊驾当时为何没有立即向衙门报案呢？"狄公问。"若是接到失踪报案，官府遵循惯例，有多种行之有效的措施可以——"

"首先，"吴老先生打断狄公的话，"县尊，您的前任愚笨无能，且又胆小怕事，不敢对钱牧稍加处置，任由钱牧这逆贼在兰坊横行无忌，把持官府。"他怒气难抑地捋了捋山羊须。"其次，县尊，在下是个因循守旧之人。家第门风对我而言至关重要。我不想让小女被拐走的消息传扬得人尽皆知。李官人也与我抱持相同看法。"

"县爷，"吴老先生身后的高大男子平静地说，"不管玉儿遭遇到了什么，我娶她的初心都不会改变。"

"李官人，我赞赏你的初心不改，"狄仁杰不置可否地说，"但是，你给了吴公错误的建议。唯一正确可行的途径是向官府报案，并且是立即去报案。"

这位前任刺史老爷不耐烦地撇了撇嘴，对狄公的话不以为然。

"好啦，县尊，您知道小女的消息吗？她现在是否还在人世？"

狄公将折扇收回袖中，拿出手札翻阅着，直看到马荣去神婆家中探访的那一部分才停了下来。他抬头问吴老先生："令爱可是生于壬子年五月初四，生肖从鼠？"

"正是，您可以在县衙行房的档案里找到这些信息。"

"确实。好吧。遗憾的是，我目前只能告诉你们，有关令爱的消息，我了解到的情况非常含糊。眼下，我还不能贸然相告，免得您悲伤过度或是怀抱希望最后希望反而又落空。我目前只能说这么多。"

"狄县令，您的案子该怎么查就怎么查。"吴刺史板着脸说，"但是我有一个不情之请。也就是案情调查明朗，到了不得不判决的时候，能否蒙您恩德，将证据先让我过目呢？"

狄公呷了口茶。他在琢磨眼前这位访客的意图。这个请求纯属多此一举。他放下茶盏，说道："吴老先生放心，这是本官分内之事，本官——"

老刺史突然起身。

"多谢狄县令，就此告辞！李官人，走吧！"

狄公也站了身，他将两位客人送出门外，对钱庄掌柜说："李官人，听说你有个弟弟是丹青妙手。"

"我对阳春白雪的艺术一窍不通。大人。"李官人突兀地回答。

洪参军在门外为两位访客引路。

"啊！终于！果真有玉儿姑娘这么个人！"马荣兴奋地大喊

出声。"鞑靼神婆一定认识玉儿，她给我的生辰八字完全正确。这么看来，大人，我们在黑檀木匣里发现的留言也一定假不了！老天爷呀！我们必须立刻——"

"还没有那么快，马荣！"狄公将厚重的官帽往脑后推了推，擦拭一下头上的汗水。"我感觉事情有蹊跷，若不是逼迫老刺史说出更多内情的办法不太礼貌。不然的话……管家，出什么事了？"看到面容消瘦、胡须花白的管家一脸忐忑、步履蹒跚地走进花厅，狄公诧异不已。

"老爷，内宅刚刚发生一件奇事，大夫人命我请老爷拿个主意。"

"哦？管家，你直说无妨。"

"就在刚才，三夫人去见了大夫人，手里拿着一封密封好的信函。三夫人说，有一位戴着帷帽的女子坐着小轿到内宅后门，向府里的丫鬟询问谁是家中年龄最小的夫人。知道是三夫人后，她便要求会面。丫鬟问她的姓名，她就给了那封密函。大夫人打开信封后发现里面是张名刺，落款为致仕刺史吴某某夫人。大夫人随即命我来请老爷示下。"

狄公扬了扬眉。"我不喜欢女眷干扰我办案。"他心烦地皱着眉对马荣说，"再者，我有一种清晰的感觉，吴老先生没有将玉儿姑娘失踪的来龙去脉完完整整地告诉我。好吧，我要与大夫人合计一番。告诉参军晚点到我的书房中会合。"

十二

狄公去见大夫人，看到三夫人也在大夫人的房内，便对她们大致说了说与致仕刺史会谈的情形："吴夫人的来访必定与玉儿姑娘的失踪有关。我想亲自接见她，但她肯定不会把话说给我听。不过，我还是想见一见她，见到她的面，我就能了解她的秉性为人……"他思索着捋捋须髯。

大夫人赶忙问三夫人："你能不能在你的院子里找个地方，既能接待吴夫人，同时又能让老爷看到她，而且她还看不到老爷？"——按照传统，狄公的三位夫人都各有一套院子，每套小院里都有她们自己的厨房和专属于她们的婢女丫鬟。尽管二夫人和三夫人可以自由出入大夫人在后宅正堂的居所，但大夫人却从来不会踏足她们二人的住处。狄公恪守这一古老习俗，因为他明白，这是保持家宅安宁、夫妻和睦的最好方式。

"我想想，"三夫人一边想，一边对狄公徐徐言道："您知道，妾身的卧房和外厅中间隔着一道月洞门，门上挂着轻纱薄帷，如果我让客人在靠近窗户的椅子上就座，您站在月洞门的门帘后，那么——"

"就这么办！"狄公赞叹道，"走吧。"

"若是您不介意，"三夫人说，"妾身想带您从后门过去，这么一来，丫鬟们就不会看到您，否则，她们有可能在不经意间对吴夫人透露您在我房中的消息。"

"高明的主意！"大夫人赞许道，"一切顺利。"

三夫人领狄公沿着花园里曲折蜿蜒的小径走回自己的住所。到了院子后面一个他人无法看见的角落，她停下脚步，打开外厅的房门，请狄公入内。狄公急急地交代她："尽量让吴夫人多说说玉儿姑娘的事情，你知道，吴夫人是吴刺史的继室，玉儿姑娘是她的继女。"

"这真是太刺激了！"她紧紧握住狄公的手，悄声软语，"看，妾身要让吴夫人坐这张椅子，脸正对着月洞门。"

狄公走进卧房，回身小心理好门帘。室内有些昏暗，这是因为屋里的窗牖全都合上了，以此隔绝热气进入屋内。他在宽大的架子床上坐下，听到三夫人击掌，吩咐丫鬟带女客人进入外厅，并告诉她们客人到后便立即退出门外，她会亲自给客人斟茶倒水。

狄公满意地点点头。三夫人是个聪颖的女子，也是个志趣高雅之人。他欣赏地看向茶几上神韵雅致的插花瓶。每次到这里，他都会发现某些不一样的地方，有时是墙上的一首诗，有时是铺在书案上的一张画，有时又是一件精美的绣品。她喜欢在琴棋书画这些技艺上下功夫，也喜欢教导孩子们书中的道理。她在蓬莱县遭受了非人的磨难，她那自私自利、无情无义的父亲又与她断绝了父女关系。狄公知道，她觉得在这里有了安身之所，也把大夫人和二夫人当成了自己的亲姐姐。外厅里传来说话声，唤回了他游弋发散的神志。

三夫人正在接待一位穿戴庄重但沉闷的高挑女子。这位来访的夫人身着灰色襦裙，腰间丝绦垂曳至地。丫鬟一离开房间，她便摘下头上的黑色面巾塞入衣襟里。长袖盖着双手，她道声万福，神态谦恭地向三夫人屈身行礼。

"夫人，您可能已经看过名刺，知道我是谁了。"她的声音清脆，语速很快，"我原本还没有机会与您结识，承蒙您不弃，愿意与我一见，真是万分感激！"

她脑后绾的发髻得体，没有任何饰物，衬得她表情丰富的脸孔生动耀眼。狄公心想，这位女宾不是一个传统观念上的美人：她的嘴唇太过丰满，眉毛颜色太深，一双鲜活明亮的大眼睛下有着浅浅的眼袋。但是，显而易见，她是个性格强势的女人。他估量这位妇人的年纪在三十五岁上下。

三夫人将客人引到一旁的椅子上入座，与她寒暄几句后也坐了下来，为她斟茶。吴夫人原该等三夫人将茶水倒好后再开始谈话，然而，她却马上先开了口。

"夫人，我本不应当占用您的时间，我自己的时间也不多，我的夫君自然不知道我来了这里，所以请允许我省去繁文缛节，直奔主题。"看到娇小玲珑的三夫人侧首回视，她赶紧继续说道："我的夫君一早就去谒见县令，举报我找人拐走了他的女儿玉儿。"

三夫人一惊，手中茶杯掉在大理石的地面上摔得粉碎。

"罪过罪过！"吴夫人悔恨莫及地叫出声。"我的嘴巴真是没个把门儿的，舌头一秃噜就把什么话都说出来了，惊到您了！我应该从头说起才是。快，我帮您收拾！"

再次落座之后，吴夫人急忙回归正题："天可怜见的！我可是从来没想过要害我家老爷的闺女。我跟您讲讲是怎么回事吧。您新婚不久，想必明白我的心情。在我说完之后，希望你能大发善心，把我们之间的谈话内容转述给您的夫君，好让他知晓这背后都有些什么恩怨纠葛。"

"吴夫人请讲。没听完您的故事之前，我可不好许诺什么。"三夫人语气柔婉地说。

"这是自然！"吴夫人连忙附和。言辞间的虚礼客套越来越少："首先，我向您保证，我倾慕我家老爷。他的年纪比我大了足有一倍，但对我却和气温存，关照有加，给了我缺失已久的安全感。您知道，在我和他成亲之前，我是人们口中不守贞洁的女人，名下没有一文钱财。不提这些不相干的。我主要是想说，我家老爷娶我之前已经做了三年鳏夫。他膝下无子，唯有一女，名唤玉儿。他把玉儿看得如珠似宝一般，觉得她无一处不好。可要我说，这孩子没什么了不得的，就是一个寻常的十八岁小娘子而已，还不知道男女之情是怎么一回事儿的时候就已经情窦初开，满脑子才子佳人的念头。我想接管教养她的职责，可是我家老爷

吴夫人急匆匆求见三夫人（高罗佩　绘）

却不答应，他要亲自教养。他爱女心切，爱得有点过了头，您懂我的意思吧。也许他自己还没意识到，但我可是见多识广，清楚得很。当然，我没对他说。不过，我倒的确对他说过，玉儿影响了我们的夫妻感情，他最好将她及早嫁出去。这成了我和他日后争吵不断的源头。"

她耸了耸肩，接着说道："世上做夫妻的难免有争吵拌嘴的时候。后来，我察觉到玉儿似乎与人相恋了，我觉得我有责任提醒我的夫君。这下可好，我算是在火上浇了勺油！然而和玉儿离家出走时夫君的怒火相比，这还不算什么。后来老爷对我破口大骂，骂我害了玉儿的性命，藏起了她的尸首！稍微冷静下来之后，他自然知道他先前对我的指责是胡言乱语，无理取闹。可是他却自己瞎琢磨，觉得是我设法让人掳走了玉儿，把她卖到了风月之地！您说气不气人！"

"喝杯热茶消消气！"三夫人心平气和地对吴夫人说，将茶盏推向她，吴夫人端起茶盏，将杯中茶水一饮而尽。

"哼，我大发雷霆，不承认他疯头疯脑的离谱指控。可他并不信我。不巧得很，玉儿走失的那天晚上我不在家，您明白了吧。我那天不得已出府见了一位老熟人。"

"假如你把玉儿的心上人姓什么叫什么，他们私奔去了哪里告诉你的夫君，岂不是证明你清白的最好证据吗？"

狄公捻须微笑，三夫人做得好。

"我要是知道，早就告诉他了！"吴夫人无奈地回答。"玉儿看她父亲的幕僚杨牟德的眼神水汪汪的，深情得不得了！不过杨书办是个正派的年轻人，他和小姑娘相遇时从来都是目不斜视。玉儿的心上人不是他，肯定是别的什么人，但是我一直没找出来是谁。玉儿的父亲给了她太多自由，竟然相信这些风华正茂、正值佳期的小女孩儿们可以理清自己的小心思！"

"那么，你能让你的朋友出面，向你夫君证实那时候你们在一起吗？"三夫人贴心地问。

吴夫人面色尴尬地看了她一眼。"呃，"她吞吞吐吐地说，"坦白跟您说吧，邀我出游的人就是杨牟德。他是个善解人意的人，注意到我的日子过得苦闷无趣，就邀请我到他常去的一个地方吃点东西散散心。当然，我们没什么见不得人的往来。可要是我的丈夫知道这事儿，他会发火的。他是个好人，但他也是个老顽固，您懂的。"

吴夫人哀叹一声，紧接着又飞快地说道："长话短说吧。今天早上，我的丈夫突然知会我，他要对玉儿失踪一事采取某些非常的手段了。您听听，过了六个月后再采取手段！我猜是您的夫君，神断老爷请他来的，是吗？"

"这我可真回答不了您，吴夫人！县令大人在后宅从来不提公务。"

"聪明人！不管怎样，老爷叫上了李劢，李劢是个钱庄的掌柜，是老爷最好的朋友。他有些眼高于顶，自命不凡，不过他不是什么坏人。他们一起奔衙门来了。我的故事讲完了。希望您能大发慈悲，将我说过的话转告给县令大人，让他告诉我家老爷，为了老人家自己好，忘掉那些对我的无端猜疑吧。再说，您的夫君就可以着手解开玉儿姑娘与她心上人私奔后下落不明的真相了。夫人，您的夫君是鼎鼎有名的探案高手！他很快就能找到那两人！然后，不管您信不信，我家老爷都会对我回心转意的。自从那个傻姑娘不见了人影，他就再也没有进过我的卧房！好了，我的话说完了。"

三夫人沉默不语，过了一会儿，她说道："吴夫人，我会斟酌你对我说过的话。但我要重申一遍，我的夫君不喜欢和女眷们讨论公务。我怀疑他是否……"

吴夫人起身，轻轻拍了拍她的手臂，微笑着说："像您这么年轻漂亮的女人，凡是男人，只要他还是个汉子，都会听你这个可人儿说话的！夫人，您的慈悲心肠和耐心听讲真是让我感激不尽！"

她把面纱又戴在头上，三夫人送她离开。

三夫人拉开月洞门的门帘，狄公看见她眼中珠泪盈盈。

"到最后一点儿也不刺激嘛！"她神情蔫蔫地对狄公说。

狄公把她拉到自己身边坐下，轻轻拍了拍她的手。

十三

听了狄公转述完吴夫人所说的内容，洪参军和马荣两人惊诧不已，哑口无言。狄公修正了他札记上的内容，并给出了自己的推断："吴夫人是个庸俗的市井女流，在男女交往之事上有着近乎本能的敏锐洞察力。但像她夫君这类人的所思所想，她则完全无从了解。吴老先生想弄清女儿都经历了什么，但与此同时，他又想保护自己的妻子，无论她可能犯了什么错。这也是我和他会面即将结束时，他坚持让我应承他将我经手的证据交给他过目的原因。若是我真的发现他的妻子在他女儿失踪案中插了一脚，吴老先生打算让我搁置案件。"

"大人，您认为吴老先生的怀疑有切实的证据做支撑吗？"马荣问。

狄公捋着长须，沉吟不语。

"我承认，我什么也不知道。"他最后说，"我现在知道的是，吴夫人关于玉儿和某个不知名的情郎私奔的言论纯粹是胡扯。如果玉儿真有情郎，几乎可以断定，吴夫人不可能打探不出来那人是谁！至于吴夫人的罪过……她倒是坦率地和我的夫人说了吴老先生对她的怀疑，然而这证明不了什么；她坚信吴老先生是到我这儿来告发她的。吴夫人是个欲望强烈的女人，若是欲望长久得不到纾解，这种女人便会做出种种匪夷所思的行为。"

"我不明白。"马荣说，"既然吴老先生已经撵走了杨牟德，为什么画师李勣又雇了他？杨某和吴氏显然有一腿。我们应当多多了解杨某这个人。毕竟，他是紫云寺杀人案里的另一个受害者！"

狄公刚才一直在翻看自己的札记。听到马荣的话，他抬起头，不疾不徐地说："去年玉儿失踪事件里有杨某的身影，今年的荒寺凶杀案里又有他，巧合得出奇。我不喜欢这种巧合，一点也不喜欢！鞑靼神婆熟悉玉儿，说明他们肯定有神棍来辅佐神婆。"

"我可以再去问问图尔比，请她在族人中打听被掳卖的汉人姑娘的下落。"马荣说。他想了想，觉得比起塔拉和吴氏这样的女人，图尔比到底还不算差。

"可以，就这么着吧，马荣。或许玉儿被关在暗娼林立的北里的某个地牢里。但是，你必须先去探听和沈三有关的消息。如果玉儿被歹人拐走，我们早晚能将拐走她的恶徒一网打尽。眼下的当务之急是找出紫云寺凶案的杀人凶手，以免他像昨夜对你痛下杀手那般再次行凶作案。"

敲门声响起，一名衙役走了进来。

"大人，钱庄掌柜李劢李相公去而复返。他恳求大人您恩准拨冗赐见。"

"请他进来！"狄公回头对两位僚属说道："我早就看出李劢另有打算，只是刺史没让他开口。"

钱庄掌柜见屋中不止狄公一人，似乎有些为难。

"李官人请坐！"狄公没什么耐性地对他说，"这两人是我的亲信幕僚，有话但讲无妨！"

李劢在洪参军安排给他的椅子上坐了下来。他小心翼翼地理了理身上的灰色长衫，然后用他那双眼皮子耷拉的眼睛直视着狄公，说道："感谢狄公您给了我这次面谈的机会。在吴老爷面前有些话我说不出口。"他清了清嗓子，"第一，我先重复一下，玉儿姑娘仍是我未过门的妻子，一旦找到她，我会立即与她成亲，不管过去半年她身上发生了什么事。"说完他便紧抿双唇。稍后，他继续说道："第二，我感觉到大人您对是否将衙门新获得的证据告诉吴老先生委决不下，因为狄公您不想使吴老爷伤心难过。对于我，大人您不必有任何类似的顾虑，我已经做好充分的准备，不管真相可能会多么悲惨。"他满含期待地看向狄公。

狄公将身体靠向椅背。"李官人，我只能再和你说一遍早上与吴老先生说过的话。"看到李劢恭顺地俯首聆听，狄公接着说道："不过，倘若你能告诉我去年你和吴老先生都用了哪些办法找回你未过门的妻子，将会对我的调查有实实在在的帮助。"

"愿为大人效劳。我去了官府许可的汉人教坊，也就是南里暗中查访，没有结果。我找到柜上年纪最长的老朝奉，他是土生土长的本地人，人脉很广，我让他去找黑白两道上的人物打听。可是他也没有打听到什么结果。"李劢飞快地瞄了狄公一眼，继续说道："大人，我相信拐走玉儿姑娘的不是本地人，而是一群游商。他们抓到她后便立即逃窜了。"他用手抹了把汗湿的脸庞："我给五位各地金银行会的行首写了求助信，并附上了玉儿的图像。然而也是没有什么消息。"他叹息一声："大人批评我没有敦促吴老爷即刻向衙门报案，您的责备太对了！可是现在也还不算晚，大人！如果您能向周边各县发出协查公函——"

"我正准备这么做，李官人。可否请你给我十份玉儿姑娘的肖像图？"

这问题让钱庄掌柜有点措手不及。

"还……还不能马上给您，大人。但我会尽量……"

"好极了。图像上要有详细的面貌描述。对了，你可以请令弟来作画，他是一个专职画师……"

钱庄掌柜脸色一白："大人，我已经和他彻底断绝了兄弟关系。"他说："请恕草民不得不告诉大人，他性情散漫，为人放纵。他在我家住了许多年，白吃白喝，什么活儿也不干，只在那儿涂涂抹抹地作画，要么就是看些炼丹修道或者邪教异端写的奇奇怪怪的书籍。晚上就去赌坊酒肆甚至更下流的地方。他和吴氏是一个圈子里的人，而且……"他突然打住，咬了咬嘴唇。

"吴氏？"狄公诧异地问。

"老爷，我不应该提到她！"李劢后悔地说，"不过，既然我已经提到了她，我还是和您说了吧。当然，我的话绝不能外传。

吴氏嫁给吴老爷之前我就认识她了，也认识和她姘居的男人。她的男人是个手艺精巧的工匠，偶尔给我做点零活。可是，他是个专好坑蒙拐骗的人，和其他贼人勾搭作恶。他抛弃了吴氏后，吴氏来问我可不可以帮她在铺子里找个活计做做。那时候恰好吴老爷走进我的店里，一眼就看中了吴氏。我本想将她的底细报与吴老爷知晓。但她发誓说她从来没有参与过诈骗，并且正儿八经地向我保证，会做好为妻的本分，好好服侍吴老爷。我得承认，她精力充沛，是个能干的女人，所以我保持了沉默，由着吴老爷娶了她。他们完婚的日期是去年的五月十五，我记得很清楚。我必须说，她把自己的生活安排得井井有条。可美中不足的是，她不能与玉儿姑娘融洽相处。"

"是的，我也听到过类似的流言蜚语。是怎么回事儿？"

"大人，事情是这样的。玉儿是个甜美娇俏的姑娘。书本上的知识她学了很多，可是对人情世故却一窍不通。她看待问题的角度全然来自文字，向来如此。她丝毫不能体谅她的继母与她在出身背景上的不同之处，从一开始便憎恶吴氏。我相信这种憎恶不是单方面，而是相互的。吴老爷也明白这点，并且一直亲自教导玉儿。待字闺中的女儿家竟然没有女性长辈来教导，大人，这种做法太过异乎寻常。所以吴夫人提议让我娶玉儿时我欣喜若狂。当然了，我的年纪比玉儿大上那么一点，不过吴夫人说玉儿身边需要一个能耐心教导她、提点她世情百态的夫君。换句话说，一个可以将"吴老爷位置"取代的夫君！要知道，自打她母亲过世之后，吴老爷便留她在身边教养。"

钱庄掌柜用食指轻轻摩挲着乌黑的髭胡，继续说道："大人，我深爱玉儿姑娘，我想说我比同龄人显得年轻得多。打猎是我唯一的嗜好，我的身体因此很强健。"

"极好，极好。对了，吴老先生说，是他的门客杨生勾引了玉儿，你赞同他的说法吗？"

"我不赞同，大人。就我个人而言，我不敢说我有多喜欢杨牟德。他和我风流放纵的弟弟一样，经常流连于花街柳巷、娼门教坊。但在吴府，他却行止端庄，无可指摘。他终归是个书生，自有一派风流偶傥的气质！"想了想，他继续说道："涉及其他男人对自己女儿可能抱有的意图，吴老爷或许有些疑神疑鬼，反应过度了。大人，玉儿姑娘没有你们所谓的'圆满'家庭，我想和她尽快成婚也是因为这个非常重要的原因。"

"李官人，谢谢你提供这些有价值的信息。如果你没有其他要说的了，我们的会谈就先到此为止吧？早衙之前我还有一些重要的公务要处理。调查有了进展后我会通知你。"

钱庄掌柜鞠躬行礼后离开了。马荣评论道："这是一个正派的人。我们必须试试……"

狄公对他的话不予理会，一边思索一边说："我在想李劢为何会去而复返。我把刚才和他的谈话又在脑子里过了一遍，只记得他问了一个问题，他问我发现了什么新的证据没有。他还说了两件具体的事，一是他反复强调了要和玉儿姑娘成婚的决心，二是强调了去其他州县寻找玉儿姑娘下落的重要性。几乎用不着专门见我一面！真是奇哉怪哉。"

"大人，我觉得，"洪参军插话道，"他还想抹黑吴夫人。他故意提起吴夫人，告诉我们她的来历。"

"是啊，洪亮。我有同样的感受。好了，伙计们，现在让我们回归到双重凶杀案上来。我本打算早饭后直奔紫云寺，将寺院内外彻底搜查一遍。可是，接二连三的访客没给我们余出时间。我们早衙之后再去吧。早衙开堂后，我会对紫云寺里的杀人案做出模棱两可的判断，就说调查仍需深入，阿刘仍要收押在监，等到案情明朗之后再做判决。马荣，你不用跟我上堂，我想让你去找那个叫'丐王'的乞丐头目。即使他现在的势力不剩什么，也多少还有些余威，自然能对城里发生的事情了如指掌。去问问他对沈三了解多少。然后你要尽可能地找出是谁为沈三做的刺青。城里应该没有几个刺青师傅，这种特殊风格的文身图案已经不流行了。但是不管你们信还是不信，跟那些名妓花魁们比起来，贩夫走卒和下九流的江湖草莽对时世潮流的挑剔程度也毫不逊色！如果找到了这个刺青师傅，问问他，沈三让他在背上点染寺庙图案的时候是怎么说的，我希望……"

捕头手里拿着两份厚厚的卷宗走了进来。他将卷宗放在书案上，脸色庄重地说："大人，高罗两家遗产争夺案有了新的证据。高家信心十足，觉得有了这份证据，大人您早衙时就可以把案子判了。所以我就从刑房把卷宗拿来给您过目。"他细心地掸掉卷宗封皮上的灰尘。这份卷宗包含了一桩涉及争夺巨额遗产归属权诉讼案的所有文档。案情错综复杂，案件的审理已经拖延了几个月。由于这类案件的胜诉方要依照惯例舍出大笔好处费给捕头和三班衙役，他们对这类案件非常感兴趣。

"行，捕头，去看看升堂的准备都做好了没有。"

捕头走出书房并将房门关上。狄公恼火地叹道："事情都赶到一块了！我早就将高罗案全权托付给了主簿处理。他也做了深入地研判，手上有全部案情资料！可现在他人在同康！洪亮，我们得快点理顺这两份卷宗！还有半个时辰就升堂了。马荣，你按照我刚才的交代办差去吧。我有股强烈的预感，只怕堂审要到拖延到后半晌了！"

十四

　　马荣换上前一日见图尔比和塔拉时所穿的那身破衣旧裤。他走到市集上，找了一家搬运杂工和抬轿力士们经常光顾的路边饭摊，挑了一张长桌子坐下。他吃了一大海碗香喷喷的面条，觉得味道不错，又叫了一碗。吃完，他满足地打了个饱嗝，一边拿牙签剔牙，一边对身旁正大口吃面的苦力说："你胳膊上的青蛇文身看着不错嘛。我相好的让我在胸口也文上这么一条。她说我喘息的时候胸口上的蛇也会跟着动，她一想起这个就心痒痒的，说能笑个没完。"

　　那人仔细打量了一下马荣宽大结实的胸膛。

　　"那你要花不少钱！不过你不用跑老远去做文身。这个市集上就有个行家里手，他有个店面，和这儿就隔了一条路。"

刺青高手正在收拾刺青用的竹针。马荣看了一会儿，冷不丁粗声叫嚷："你给我哥们儿沈三后背上刻的刺青屁用都没有！他被人杀死了！"

"嘿，好汉，那可是他自己的错儿！我跟他说过，要是不加上红色的虎须，虎头就不能真正地保护他。添个红色的虎须要多花十文钱，因为好的红色颜料进价就贵，你知道吧。可你的好哥们儿不干，瞧见他什么下场了吧？"

"他说他身上的虎头用不着添上什么红色的虎须，因为你在他腰臀上文的神庙图案威力无穷。干吗还要再浪费十个铜钱？"

"哦？所以说虎头下面的图案是寺庙喽？沈三说那个图案只是一栋有钱人家的房子，富得流油。他还让我在房子下面写了'多金多福'四个字。可那穷鬼最后什么也没得到！你想做什么文身，客人？要不要看看我的图册？"

"我可不文身！我受不了那份疼！走啦！"

他嘴里叼着牙签，一路溜达着，脑子也在不停地转。看来沈三对黄金的事一直都是守口如瓶，没让别人知道。溜达到关帝庙门前，他登上宽大的大理石台阶，叫醒坐在门房里打盹的庙祝，花了两文钱，从他那里买了束香。他点上香，将香插进香案上的铜香炉里。香案上方便是腰挂长剑、长须美髯、威仪赫赫的武将关云长的巨大金身塑像。

"关帝老爷，求您今天赐给我一点好运气，行不行？"他低声祈求。"另外再赐个美貌的小娘子给我行吗？手上这个案子办到现在了，我一个美貌的小娘子都还没见过！"

关帝庙背后的街上，一个缺了条腿的叫花子伸手向他乞讨。马荣往他脏兮兮的手掌里放了一个铜钱，问他丐王藏在哪个犄角旮旯里。脸上皮肉松垂的叫花子用深陷进眼眶里的一双鼠眼贼溜溜地瞥了他一眼，然后拄着丁字拐杖，用他最快的速度一瘸一拐地跑了……马荣破口大骂。他又去问了两个流浪汉，他们都是一问三不知的茫然眼神。

他在臭烘烘的暗巷和嘈杂的小路上漫无目的地走着，想找个合适的地方打听避世不出的丐王现今身在何方。他了解这些穷得底儿掉的人，他们对于自己的秘密守护得严严实实，出于绝对必要的考虑，他们抱成一团，谁也不会出卖谁。他又累又渴，遂走进了一家小酒肆，坐到湿滑的柜台前。这时他才想起来应该给自己安一个在外行走的身份。他笃定没有人会怀疑他不是个闲汉无赖；但人们并不知道他的名号，这就有问题了。柜台前的六个苦力怀疑地看向他，莫名其妙地盯着他面前陶碗里的酒水。他又一次后悔乔泰这个同僚和拜把子兄弟没能跟他一起行动。他们两个人只要稍微一动脑筋，唱个双簧，就能让人消除对他们的疑虑。

喝掉第三碗酒的时候，酒肆的门帘被掀往一边，从门外走进来一个衣衫不整、素面朝天的女人。那几个苦力都认得这个女人，他们嘴里说着粗言俚语，对她挑逗勾搭，有个人甚至拽住她退了色的石榴裙衣袖。她伸手把他推开，嘴里骂骂咧咧地叱道：

"啐，把你的爪子拿开！老娘只在晚上伺候你们这帮臭老爷们儿，白天是我歇息睡觉的辰光。哎，可谁叫我的老妈妈又吐血了呢？没人伺候她，只能我去瞧瞧了。给我打碗酒，你要是不赊账也行，我给你现钱。"

"记到我的账上。"马荣粗声嘎气地说。

"哟，你是什么人呐？"

"我是沈三的表弟，从同康来的。"

苦力们眼神乱飞，猜测着他的来意。

"你是来继承他的巨额遗产的吗？"一个苦力语带挖苦，正话反说地问。

其他苦力也放声狂笑起来。

"我是来报仇讨债的。　"马荣和声细语地说道。看到他们猛地静了下来，他又说道："有人愿意帮忙吗？"

"外地来的小子嘿，你这个债太重了，我们可帮不了你。"一个上了年纪的苦力慢吞吞地说，"衙差们抓了阿刘，他们会砍了他的头。但是阿刘并不是杀人凶手。凶手也不是我们汉人，是该死的胡人！"

"我不在乎是谁，要是让我抓住了，看我怎么收拾他！丐王能帮忙吗？"

"丐王不好找。"那个妓女低声说，"去找暗娼馆的姑娘们帮忙吧。十文钱一次，却是连个人影也见不着！"她喝光碗里的酒。"不过还是找他问问吧。我记得沈三好像有一次去过他那里。"

马荣站起身，付了两人的酒钱。

"你带我去。"他对那个女人说，"我出十文钱。"

"你是个真汉子，我不收你的钱，免费带你去。沈三是个一毛不拔的，不过他已经被可恶的胡人杀死了，我们可不能忍下这口气。"

一众苦力全都赞同地哼唧着。

女人带着马荣走过几条街，到了一条七弯八拐的小巷子前，她在旁边角落里停了下来。

"巷子另一头是座废弃的军营。兵丁们都开拔走了，留下了那些军妓还有他们的孩子。丐王就住在军营下面的地窖里。马到成功！"

这是一条用大小各异的卵石铺就的小巷，巷子两边是灰色大石头建的旧房舍。房舍里以前住的都是些生活富足的人家，现在，每栋房子里显然都住了十几户穷人。每走几步，马荣就得放低脑袋，免得碰到从二楼窗户里伸出来的竹竿子上挂着的衣服，这些衣服刚刚洗完，还湿淋淋地滴着水。男人们坐在屋外街头巷尾的长凳上，喝着茶，热热闹闹地摆着龙门阵。他们的妻子站在楼上，靠在窗口听他们说长论短，还不时朝楼下叫喊着发表自己的看法。再往前走就安静多了，军营就在巷子的一角，周围没什么人经过。倾圮失修的营房木门关着，闭合的窗户后面也没有人声传出来。里面的女人们正睡回笼觉呢。

看到木门旁边有一处黑咕隆咚的低矮门洞，马荣弯腰伸头往里瞧了瞧，里面是一条劈凿得简陋粗糙的陡峭石梯，石梯通往黑暗的地下室。他沿着石阶慢慢往下走，污浊阴湿的气息扑面而来。昏暗的地下室只有十来尺宽，进深却有四丈多长，似乎是军营整个正立面的长度。室内微弱的光亮来自地下室屋顶木梁下拱形的窗户。这扇窗户与室外的地面齐平。室内有一张圆木做成的矮桌子，桌上烛火噼啪作响，桌前是一张竹凳，除此之外，桌前没有其他的家具。屋里似乎没人。马荣朝烛火方向走近，注意到长着绿色霉斑的石墙上有不少细流涓滴渗出。

"呔，站住别动！"一道尖细刺耳的声音从马荣头顶传过来。马荣往身侧一跳，抬眼上瞧，只看到模模糊糊的一团人影贴在拱形窗户前的铁栏杆上。他走近细看，就看到一个干瘪得不像话的小老头盘腿坐在拱形窗户的一角。他头顶光溜溜的，明光锃亮，鹰钩鼻，高鼻梁，一身破衣烂衫，露出的脖颈皮包骨头一般，整个人的姿势就像一只正要飞身扑向猎物的秃鹫。他手里拿着一根长棍，棍子头是一只阴狠毒辣的铁钩。一双亮如电炬的小眼睛恶狠狠地眯缝着紧盯马荣不放。

"别动手！"马荣大喊道，"我要见丐王，我是出钱来找他买消息的！"

"放他过来，斗鸡眼！"地下室尽头传来如钟磬般深沉的声音。"我倒要看看是什么人花钱买消息。"

窗户上像秃鹫似的男人提起手里的长棍，示意马荣可以过去了。外面街道上响起杂沓的脚步声。这个小老头抬起脑袋，扒着窗栅栏向外窥视。突然，他以不可思议的速度抢起长棍，透过铁栏杆，将长棍伸到窗外又拖回来，然后从铁钩上取下一块沾了泥土的油饼，开始大快朵颐。马荣走向矮桌，暗自庆幸铁钩没有勾住自己的脖子。

他定睛细看，只见桌子前有一个漆黑的拱形墙洞，墙洞两侧各有一根粗重的石柱。右边的石柱似乎就快塌了，石柱凹凸不平，表面结了蜘蛛网。

"坐吧。"那个深沉的声音说。

马荣坐到竹凳上，一只汗毛浓密的大手从黑暗中伸出来，粗大的拇指和食指捏在一起，捻了捻烛心。烛火更高更亮了，马荣这才发现，他之前以为就要塌掉的石柱实际上是一个满脸胡须的大汉，松松垮垮，不修边幅。他坐在桌子对面的柱础上，弓着身子，驼着的后背正好能嵌进身后被挖走墙砖的壁穴中。他头上没戴帽子，头发灰白，一绺绺脏乱的长发从满是皱纹、又高又鼓的前额披散在脑后，杂乱的眉毛下，一双蓝灰色的大眼正直勾勾地盯着他。他身上穿着一件打着补丁、退得都看不出颜色的土灰色袍子。

"我是肖霸，"马荣声音粗哑语气生硬地说，"沈三的表弟，从同康来。"

"他撒谎，方丈！"窗户上的老头厉声叫道，"沈三从没说过他有个表弟！"

"老五蹲了班房。"马荣急忙说道，"所以找出杀害沈三的凶手就成了我的事情。"

"肖霸，你为什么会找到我？"

"在同康他们都说你是这里的老大。"

"曾经的老大而已！"斗鸡眼突然哈哈大笑，大声喊道。丐王屈身从桌底下捡起一块碎砖头扔向那个老头儿，老头的笑声戛然而止，痛呼出声，开始在窗台上蹦来跳去，就像笼子里的鸟儿那样。他称呼为方丈的人上下打量着马荣。

"你的身形和沈三一样。"他说，"我不知道是谁杀了沈三，但我知道沈三在找什么。"

"那有个屁用！"马荣讥笑一声，"他要找的是黄金，等我抓到凶手，凶手会告诉我黄金藏在什么地方。"

方丈一言不发。他用巨大的手掌缓缓拂拭桌面，露出刻在桌面上的地形图，图上随处可见奇怪复杂的符号，方丈举起烛台，看着如同迷宫一般复杂的线路，灰白的大脑袋先是低垂，随后又抬了起来。

　　"不行，我在这上面画的线条太多，图案乱了。"这话让马荣心里一惊，这人虽然看着粗糙，但他的话不是识文断字的人是说不出来的。"肖霸，我告诉不了你多少东西。没什么可说的。但是我可以给你一条真诚的建议，拿走黄金，别管凶手。"

　　"我不能不管。不过先拿走黄金也没有什么坏处。你想要多少？"

　　"七成，肖霸。"

　　"你疯了吗？五成。告诉你，我还要和老五分账呢！"

　　"方丈，就跟你要和我分成一样！"窗户上的男人喊道。

　　"成交。"方丈从破烂的衣袖中掏出一块方形小木牌放到桌上，上面刻着异域文字。"肖霸，你拿这个木符去云隐寺。云隐寺在东门外的山上，是一座小庙，和红色围墙的大寺庙紫云寺离得很近，你随便一打听就能打听得到。到了云隐寺你翻墙进去，找到门左边仆役住的房，在门上敲四下。把这个木符给里面的侍女看，侍女的名字叫春云。"

　　"春风一度，云雨一场的春云，哈哈！"斗鸡眼讥讽道。方丈又朝他扔了一块石头，但是打偏了。石头落到地上，滚动着发出骨碌碌的声响。那个老头儿再次咯咯大笑。

　　"方丈，你的眼睛也不好使了！"他喊道。

　　"她找到金子了吗？"马荣问。

"还没有，肖霸。不过她就快找到了。你们可以一起去找。"

"我会的，不过你为什么不自己去找金子？"

"因为他走不了路！"斗鸡眼讽刺地说，"要不是我给他弄吃的，他就会像癞皮狗一样死掉！他们竟然还叫他丐王！"

"我腿脚无力。"方丈抱怨道，"风湿，你知道，深入骨髓了。我的后腰和两条腿拧巴着。不过我骑马还可以。我的头脑也没有问题。肖霸，你不要把我给瞧扁了！"

"那么杨牟德呢？黄金也有他的份儿吗？"

方丈抓了抓脸上蓬乱的长须，用怪异的眼睛静静地盯着马荣。

"看来你连杨牟德也知道了，嗯？杨失踪了。你的招子最好放亮点，肖霸！否则你也会消失的。我不知道你的表兄跟谁合伙，但这个人知道他干的是什么。你今晚就去云隐寺找春云。"

"和她待一晚！"斗鸡眼喊道，"明白吗，又不花钱的便宜，不占白不占！"

方丈用健壮有力的胳膊撑着半坐起身。马荣看出这个大汉的个头至少比他还要高出两寸，只不过这个大个子的背驼了。宽阔的肩膀也怪异地歪斜着。

那个干瘦的小老头儿开始在窗台上左蹦右跳，身上的破衣服像翅膀一样展开。

"方丈，我错了！老大，我错了！"他颤声求饶。

"闭嘴，斗鸡眼！闭上你的臭嘴！"方丈怒吼一句，然后又坐了回去对马荣说，"好走不送，肖霸。"

他靠石柱坐着，脑袋低垂。

马荣站起来，对着窗户上的老头挥了挥手，便往地下室的石阶走去。

他慢悠悠地往衙门走，嘴里吹着曲调轻快的口哨。这趟差事花了他整整一个下午的时间，现在已经是日暮时分。但时间没白费！师太已经警示过狄公，她的侍女和流氓混混们勾三搭四，现在他明白了，那小娘子被安插在云隐寺，是丐王的联络人。他或许会有一个奇妙的晚上——从另一个角度来说！

看到关帝庙门口的两盏蒙着红色油纸的大彩灯，他再次踏上宽大的门阶，焚香拜谢关帝老爷。关老爷果然对他不薄！

到了衙门，捕头告诉他县令大人和洪参军正在内衙书房会见画师李勣。马荣赶紧回到自己的住处洗了个澡，换上干净的衣服。

十五

　　门房前，老管家正给竖立成列的灯笼添上烛火。透过书房开着的房门，马荣见狄公正背手站在檀木雕花大书桌旁，洪参军则在帮画师李劼展开几幅卷起来的画轴。

　　看到马荣走到门房，狄公对李画师说："李官人，真是可惜，你还不能为我画边塞风光图。不过，我知道在兰坊这个边城小县好纸有多么难得。作画的环境至关重要，我完全知道你的顾虑，你不想因为心境未调适到最佳状态就敷衍作画。我很愿意看看你去年完成的三幅作品。我想这几幅画作也可以挂在我的书房。洪亮，让管家再多点几根蜡烛。趁这工夫，我先和马护卫到花园散散步、乘乘凉。"

　　他带着马荣走到门房边一棵高耸挺拔的槐树下，坐到树下的粗糙石凳上歇息。

"堂审果然拖到了后半晌。"他告诉马荣，"我不得不三堂连审，因为另一方也拿出了新的证据！我很少碰到这么复杂的遗产争夺讼案！审完案，刚刚沐浴完毕，李勣就来求见。现在我们要和他长谈一番了。你在外边有什么发现？"

马荣详细汇报了下午的经历和发现。狄公对他和诨号"方丈"的乞丐头目间的交谈大感兴趣，他让马荣把他们之间的谈话逐字逐句地复述出来。

"马荣，你做得实在太好了！可以说，我们触及了案件的核心部分，虽然凶手的身份还被包裹在重重迷雾之中，然而离我们找到黄金却不远了！今天晚上就由你去和那个侍女寻找户部侍郎的黄金吧！这比我们带上大队衙差去找的效果要好得多！另外，诱使侍女多说说'方丈'的事，这个人似乎极不寻常。"

狄公拂去落在膝头的槐花，站起身，与马荣一起转回书房。

书房里有四个高高的烛台，烛火照得室内明亮堂皇。李勣和洪参军站在三幅巨制画轴前，画轴的顶部条带挂在书架顶端的隔板外边，卷轴下端的轴杆垂落到地面。狄公将扶手椅转了个方向，面对画卷坐下。他手捋须髯，不发一言地品鉴着几幅画作。

"嗯，"狄公开口言道，"我更加欣赏中间这幅渲淡山水，可能另外两幅画作的笔法更加精细，但是中间这幅却完全摒弃了前辈古人的做法。画面取境幽远，若是你没有在天际画上一处水渚，观画之人就不可能意识到这里是海天交接之处。"

"明府高见，您对水墨丹青的领悟能力实非常人能及。"李勣文绉绉地说，"我一直致力于在广度和深度的表现手法上有所进益，可却鲜少成功。"

"若是我们真能达到所期望的境界，"狄公莫衷一是地说，"那可真是人生一大幸事。坐吧，李勣，请用茶。"

老管家端着一只大托盘走了进来。品过香茗之后，狄公接续前言，说道："李官人，你是个造诣深厚的画家，你应该成亲生子，到时候让你的子嗣也可以继承你的天赋。"

李勣抿唇淡然一笑。"婚姻生活会危及大人您刚才提及的境界，剥夺我对山水风光的浪漫情怀，消灭我的创造精神。"

狄公猛一摇头："李勣，婚姻是社会秩序稳定的根本。如果你一味离群索居，只在四面屋墙内生活，那你追求的爱会不合常理。既然你身不由己，走出了屋墙，在红尘俗世中生活，那么你必须与这苦海俗世和光同尘，否则，后果不会很美妙。一位古代文豪曾经将人比作一驾四匹马拉的马车。在这车驾中，每一匹马都有极大的自由活动空间，它们可以跑得快一点，也可以跑得慢一点，可以往左跑，也可以往右跑，因为马车不会脱离车道。离开马车的马则可以有无限的自由空间，至少一段时间内会是这样。但是很快，离开了马车的马就会感到疲倦孤独，想重新回到车驾之中，但那时它会发现，马车已经驶远，再也追赶不及了。"

画师脸色煞白，端茶杯的手直发抖，室内一时寂静得令人尴尬。李勣放下茶杯，若无其事地抬头问狄公："对了，大人，紫云寺杀人案查得如何了？有足够的证据将无赖阿刘定罪吗？"

"查案的进展令人满意。"狄公语焉不详地说，"虽然缓慢，但方向明确，你也知道的。"他端起茶杯呷了口茶，暗示他的访客是时候该告辞走人了。

李勔正要起身，突然手拍额头道："我这个笨蛋！大人，我本来还想着见到您就和您说的，结果竟然让我给忘得一干二净！您昨天离开之后我就想起来了，您给我看过的黑檀木匣我曾经见过。"

"哦？不错，不错！"狄公说，"有意思！李官人，你是什么时候、在哪里得到木匣的呢？"

"大人明鉴，大约半年前，我是从一个乞丐手里得到的木匣。那个乞丐到我家要饭，拿了匣子给我，求我施舍他几个铜钱。木匣当时覆满泥垢，所以我也没有看出匣面上还有一块玉片。那个乞丐说，匣子是他在紫云寺后山的一个兔子洞的洞口捡到的。我当时正忙，听到他的话，第一反应是把他赶走，可是瞧他的模样实在可怜，我就给了他五文钱，收下了匣子，随后便把匣子扔到了废物筐里。后来孔庙后街的古董店掌柜来我家收古画，我把那筐旧物作为添头送予他，才一文不少地拿到了卖画的钱。"

"多谢你，李官人。现在终于知道黑檀木匣的来历了。多谢你让我饱览大作，请把画作留下，放在我这里几天，我选好后就会通知你。对了，杨生回来了吗？"

"回您的话，还没有。但他很快就能回来！我去坊市上打听到他和两个酒友去喝酒聚会去了，真是乱花钱啊！"

"知道了。我刚刚见过他的上一任东家，致仕刺史吴老先生。他说他解聘杨牟德是因为此人私德不修。"

画师愤怒地抓了抓头。

"大人，吴老先生就是个老古板！只要是有人做事与他们那种庸俗的道学规矩相悖，哪怕相悖的只有一件，他们也毫不包容。"

"好吧，天下什么样的人都有。李官人，参军会送你出府。"

"大人，这么说来，匣子是在荒寺找到的！"马荣惊呼。

"是的。"狄公慢吞吞地说。"奇哉怪哉。如果李勋说的是真话，那么玉儿姑娘便和紫云寺有了关联；若是他有意拿假话搪塞于我，那他特意这么说有什么目的呢？"他慢慢地捋顺自己的胡须。过了片刻，他问："是谁误导他杨生和两个酒友喝酒去了？杨生已然死了！"

马荣耸了耸壮实的双肩："大人，这很好解释。我昨天曾和您说过，我看见李勋到酒肆去寻找杨牟德。您也知道这些店家都是什么货色。他们总想三言两语便打发掉别人问出的一个又一个问题。他们不想被卷入别人的麻烦事里，因为他们自己的麻烦事就够多了。"

"我要好好想一想，马荣。你晚上最好过了戌时再去云隐寺，那时候师太已经做完晚课，准备就寝安歇了。"

狄公沿着游廊走向大夫人的院子，从这里可以一览花园景色。二胡的琴声配合着云板（两片竹板组合的乐器）拍击的节奏从打开的窗户传到了外院。

他走进昏暗的大厅，见厅内挤满了人。大家都面朝着临时搭成的戏台。戏台大约七尺高，披挂着华丽的红色锦缎，轻薄的白色帐幔从戏台顶一直垂下来，后面是高高悬挂的油灯。一个个色彩艳丽的薄片傀儡人行走如风，里面传来伶人的吟唱念白。狄公蹑手蹑脚地走到角落，站在看戏的人群后面。这是大夫人昨天在寿宴上答应孩子们要演的皮影戏。

三位夫人和孩子们以及乳娘们坐在正对着戏台的长凳上。他们身后是后宅的家丁仆役，甚至连浣洗处的丫鬟们也被允许在这个特殊的场合下进入院内。每个人都已经沉浸到了戏曲表演中。

狄公双臂抱在胸前，看着五颜六色的皮影戏。精美的皮影形象是用皮纸剪好后涂上透明的颜料着色而成，表演时，伶人在幕布后用铁丝托举操纵进行表演。这时，伶人将皮影贴近幕布，近得观众都能看得见皮影人物的头发丝，看得清皮影轮廓上的每一个细节。接着，伶人又让皮影从幕布近前飞速飘离，给人一种戏中人物已经隐遁远走的印象。

这种堂会上演的都是喜庆吉祥的折子戏——西王母开阁设宴。仙庭里，她正在一棵仙桃树下絮絮叨叨，仙桃树上结满了吃了便可以长生不老的蟠桃，个个粉嫩诱人，让人垂涎三尺。少顷，王母娘娘挥舞广袖，像一只绚丽多彩的大蝴蝶般翩然飞走。接着，一只想偷蟠桃的白色猴子出现了。泼猴拿着如意金箍棒一出场，孩子们就拍着巴掌，欢呼雀跃起来。

狄公心想，现实的生活实际比这出皮影折子戏还要戏剧化。一桩桩事情出人意料地有了交集。随着不可预见的事态进展，犯罪动机依然无法辨明。所谓精心的谋划因为命运的捉弄前功尽弃，看似精妙的行动方案由于人世无常而枝节横生。所以，以荒寺凶手预先炮制出来的原始杀人计划为基础，在此基础上去推导事实真相的努力是错误的。他必须充分考虑到其中可能的判断错误和意外造成的状况。

他缓缓点头，从这个角度再审视案件，大概可以猜到黑檀木匣为什么会被人在紫云寺外围捡到了。之后，署名为玉儿的留言中，那些曾经令他耿耿于怀的诡异之处也找到了合理的解释。天呐，如果他的猜测正确，那么李勃获得木匣的过程便是他碰到的最奇异的造化弄人了。

一连串清脆的云板拍击声响起，这表明第一出折子戏已经结束。狄公悄悄离开厅堂。

十六

马荣心中暗想，既然又要去紫云寺一趟，不如这次从后山上去。于是他从北门出发。

向上的山路很平缓，他觉得并不难走。可是到了半山腰的时候，山路分出了几条岔道，他试了几次，每次都不得不原路返回，直到最后一次选的山路才通向山顶一处小小的平地。他在山顶平地稍稍逗留了片刻，欣赏着山下城内烛火点点的夜景。

走进树林，他碰到年轻的小冯捕快。小冯正坐在一截树桩上。他告诉马荣，另一名捕快在前山的上山石阶处值岗。他向马荣指了指去往云隐寺的路，便回去值哨了。

很快，马荣便看见了云隐寺的朱红庙门。庙门周边的围墙并不高，昏暗不明的天色中，以他目力所及，可以看出围墙上的墙瓦是新砌上去的，砌得很结实。翻上墙头并没有什么困难，但他决定还是等遮住月亮的浮云飘走之后再行动；万一有哪片墙瓦砌得不结实，踩上去后发出的声响在寂静的夜里就会如雷鸣一般。他在树丛下面摸索了一阵，找到六七块石头，把石头垒在朱红庙门左侧的墙角下。月亮刚一露脸，他便踩着石堆蹿身上了墙头。仆役杂工住房的屋顶恰好在他的正下方，正如丐王告诉他的那样。他往旁边挪了挪，轻轻跃入铺着石板的院子。他停了一会，稍稍看了眼仍旧亮着灯的师太房间，便提着脚走到小屋的门前，轻轻拍了门板四下。

门内似乎并无动静，他又敲了四下，把耳朵贴到门上，听到屋内有人光脚走过来。门开了，他倏地闪身走进窄小的屋子里。屋里摆着张竹编茶几，茶几上放着一个廉价的烛台，烛台上烛火摇曳。

"你是什么人？"屋子里的姑娘轻轻关上房门，回过头来问。她穿着一件轻薄的寝衣，他瞅了她一眼，迅速收回目光，心中记下了她的样子——圆脸，浓密的头发梳成厚厚的发髻。他从袖中掏出木牌，放进她小巧温暖的手掌中，说道：

"我叫肖霸，是沈三的表弟，丐王派我来找你。他说你叫春云。"春云走近茶几，凑近烛台查看木牌，蜡烛旁边摆着一面带有托架的圆形铜镜；铜镜前面是一把残缺不全的梳子。显然这是她的梳妆台。马荣快速扫视了一圈屋内寥寥无几的家具。墙边是一张简单的木板床，床上铺着破旧的草席，床前有个快要散架的竹凳；靠墙的高高搁板架上，有一把茶壶、一个铜盆和一盏小灯笼。布局紧凑的屋内漂浮着一股低价香料的味道。

"屋子小是小了点，但是很温馨！"他评价道。

"管好你自己得了！"她弯腰从床底拖出一张短腿炕桌，然后放到床席上。她上了床，在炕桌旁盘腿坐下，并示意马荣坐到炕桌的另一边。他脱掉靴子，模仿着春云的样子坐下。草席上仍留有春云体温的余热。他们隔着炕桌面对面坐着，相顾无言。

他心满意足地看到，没有了拒人于千里之外的神情，她的长相还不错，漂亮的圆脸，眼神灵动活络，脸颊上有一对小酒窝，面色殷红，双唇饱满丰润——正是他喜欢的类型。看到她轻薄睡衣下圆鼓鼓的胸脯，他心中暗暗感谢关帝老爷。忽然，她轻启红唇，微微一笑。

"肖霸，你看起来并不年轻，不过你比耶耶的绝大多数朋友长得好看多了！"

"哈哈！"马荣啧啧叹道，"这么说，你是丐王的女儿了，公主殿下！能与您共事真是我三生有幸！你知道，我要帮你找到黄金。跟我说说令尊是怎么知道黄金的，沈三还和我们同伙的时候，可从来没有对黄金的事情说漏过嘴。"

"简单。耶耶以前教过沈三拳脚功夫。所以沈三也会时不时地去探望他老人家。他答应分一份金子给耶耶。"

"沈三分多少？"

"三成，杨牟德拿七成，难怪杨牟德向你表兄透露了这个消息。你知道吗？杨牟德不喜欢一个人苦哈哈地寻找黄金的下落，因为第一个拿到黄金的人是个非常难对付的家伙，这我也是听说的。杨牟德怕他怕得要命。害怕的理由也很充足！事实果然不假，那恶棍杀了你的表兄，还把杨牟德挟持到不知什么鬼地方去

136

了！事情发生后我告诉耶耶，我再也不想大晚上一个人孤零零地跑去紫云寺找黄金了，决不！"

"我倒是要会一会害死沈三的狗杂种！沈三的亲弟弟沈老五在同康坐了牢，所以只能是我来为他报仇。"

"至于我，耶耶让我来伺候姓常的老虔婆，好方便监视紫云寺里的动静。说真的，我并不想说你表兄什么坏话，只是你知道，我觉得耶耶也应该监视一下沈三。"

"丐王做得对极了！我不明白的是，那个把黄金藏在紫云寺里的恶棍为什么不把金子挖出来拿走。为什么把黄金丢在那里不管，等着沈三和杨牟德来插一手呢？"

她圆润的双肩耸了耸。

"他似乎是从别的什么地方偷来的黄金，然后把金子藏了起来，但是藏得太好了，连他自己都找不到了！他自己找过！那个鬼地方的每一个角落我都翻找过，但在我之前，寺里的那些地方都被他搜过了！所有的地砖都被翻了个底朝上。对了，我还在老虔婆的屋子里找过。"

"天啊，公主殿下，你不会连信仰虔诚的师太都怀疑上了吧？"

"只要我还没弄清楚是谁拿到了黄金，我谁也不信。说到信仰虔诚，肖哥哥，你知道吗，那个老虔婆心里狠着呢。她心情一不好就拿细藤条抽我出气，嘴里说着'脱掉裤子，向佛祖磕头认错，请佛祖宽恕你的罪过'！然后她就会用藤条打我的屁股，一边打还一边捻着挂在左手上的佛珠计数！肖哥哥，你说这是虔诚吗？"她往地上啐了一口唾沫。"好了，既然你来了，我不介意再去紫云寺里搜查一遍。你先看看紫云寺的地形图。"

她从草席下面抽出一张叠起来的纸，将纸展开。

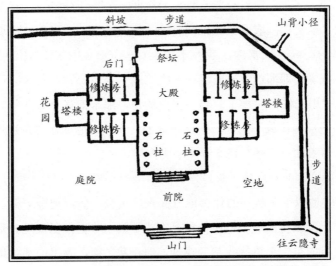

紫云寺平面图（高罗佩　绘）

"看这里，中间这儿就是正殿，我们从这里开始查找。"

马荣仔细看了看平面图。上面的标注与狄公、洪参军向他描述的荒寺地形完全一致。

"公主殿下，你的草图画得真是太清楚了！"

"你以为呢？画地形图我可是个老手。在高宅大院里面做丫鬟，暗中却另有目的，只有这么干，耶耶的朋友们摸黑来这里时才不会迷路。你到蜡烛那边去把图纸记到心里，肖哥哥。我们还有大约半个时辰，师太不熄灯睡觉，我们就还不能出去。"

马荣将纸叠起来，咧嘴笑着说："我倒是想利用这段时间加深咱们俩之间的了解，公主殿下！世人都说，不深入了解你的同伙，就不要搭伙！"

"先干活，后享乐！"她不为所动地说，"滚下床去看你的地形图！我要换衣服了。你背过身去，眼睛转过去看图纸！"

马荣下床站到梳妆台旁。春云将寝衣从身上褪下，双膝跪在床下，趴在床尾翻找，找到条深蓝色的裤子和一件短褂，正要穿上衣服时，她犹豫了一下，好奇地看了一眼马荣宽阔的后背。她淡淡一笑，将衣服放到旁边，把寝衣铺在膝下，跪坐在床上打理发髻，觉得这时候的自己是最诱人的了，才喊道："现在不要回头看！"

"回头干什么？"马荣反问，"我从镜子里看就行了。从你的背后看过去，你也很美！"

"你个混蛋！"她从床上跳起来扑过去，想挠他的脸。他则一把将她搂在了怀里。

良久，她穿好衣服，然后从架子上取下那盏小灯笼。

"我们到了紫云寺里再点灯笼。"她说，"下午的时候我看到有两个人在寺庙山门附近晃悠，好像是衙门里的公差，他们蹲守在门口打算抓捕杀了你表兄的凶手。所以杀他的人今晚不会冒头了。不过我们有可能碰上紫云寺女鬼。"

"你开什么玩笑呢，公主殿下！"

"我没开玩笑。寺里确实有女鬼。我自己就亲眼看到过两次。她在树林里游荡，个子很高，穿着一身白色冥衣，样子很吓人。我不喜欢魑魅魍魉这些东西，不过这鬼不是害人的恶鬼。有一次我差点撞上了她，然而她并没有对我怎么样，只是用一双悲切切的大眼睛看着我，之后便又飘走了。"

"悲不悲的，我都不想见到她。我们走吧！我带你绕开那两个留守的衙役。想当年我可是在绿林里混过，身手好着呢。"

她吹灭蜡烛，将门推开一条缝。

"真有意思！"她悄声说，"那个老虔婆屋里的灯竟然还亮着！"

"她大概是在念经吧？"

"而且是念出了声，声音还很大！管她呢，我们走。要是她发现我不在，我就跟她说我不干了。让她去打别的丫鬟的屁股吧！"

他们踮着脚穿过院子。她轻轻拔掉门闩，将门拉开，捡了块石子放在门沿下，让门保持打开的状态。他们穿过树林往山下走去。到了树林边，马荣让她紧紧跟在自己身后，跟着他的动作照做。他看了看石阶上方的几棵树，想找到值守的衙役。要是那家伙发现了他，那乐子可就闹大了！是了，那家伙在那里，这个懒鬼！在柏树下躺着睡觉呢！好吧，不管怎么说，事情方便多了。他正要拉着春云走开，突然身体僵了一下。不对！那家伙膝盖支起和双臂伸出的姿势有点怪异。他三步并作两步走到卧倒在地的那家伙跟前，俯下身子。

"他……死……死了吗？"她在他身后哑着嗓子问。

"有人从他身后拿细绳勒住了他的脖子。"他冷酷地低声说道，"回家去吧，公主殿下。从现在开始就只是男人们的事了。

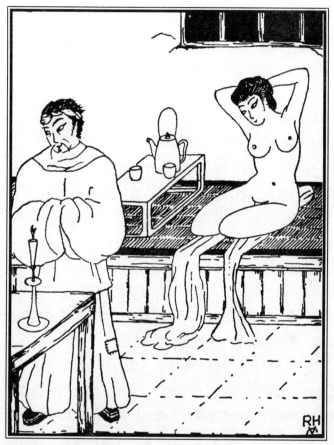

深夜密会（高罗佩　绘）

凶手回来了。"

她抓住他的胳膊。

"我要跟着你。我以前打过架。你要是和凶手争斗起来，我总可以拿砖砸他的脑袋，帮你的忙。"

"那随你吧！歹徒可能就在大殿里。我们不能以身犯险，从前面的正门进去。我们从后门进，先从紫云寺后山的外墙爬进去。"

"好。离大殿没多远的围墙上就有一个豁口。跟我走，我找给你看！"

他们沿着寺院前门的外墙走，走到拐角处又沿着侧墙旁边的小路继续向前走。走到东北角的一小块平地时，马荣停了下来。

"先等一会儿。"他压低嗓门说道，"我去探探路。"

他继续往高高的树林里走，寻觅小冯捕快的踪影。他轻轻吹着口哨。静悄悄的一片，没有回应。他暗自咒骂。难道凶手把小冯也干掉了吗？忽然，他生出一种被窥视的诡异感觉。月亮再次被云朵遮住。他睁大眼睛，但并没有看到高高的栎树林里有什么在移动。他回到刚才把春云丢下的地方。

"前面没有人。"他对她说，"你留在这里。我还是先去后墙那里瞧一眼更好一些。若是没什么危险，我会回来接你。然后你就可以把豁口的位置告诉我，我们从豁口再进入寺内。"

他走到拐角，左手摸着外墙上剥离裸露的墙砖。沿后院围墙的小径，又窄又长，空无人影。顺着右边的小路便是陡峭的山坡。坡上覆满了低矮密实的灌木丛，随处可见长满了青苔的石头。

他站在拐角，抬头扫视墙头，墙顶上好几个地方的砖块已经塌落，但是他并没有看到春云所说的大豁口。外墙尽头，对着西边黑咕隆咚的佛塔，他看到了外墙另一侧拐角的砖石，古井就在那个地方。假如有必要，他可以走到那边，然后……

他探身向前。在远处墙拐角那边的阴影中，他看见了一个白色的人影。他简直不敢相信自己的眼睛，又往前走了几步，接着便像个木桩子似的愣在那里。是那个白衣女人，她正挥舞着瘦长的手向他示意。

十七

　　他瞪眼瞅着那道游魂，仿佛被下了咒一般，随之脑际闪现出前一天晚上引诱他走向隐蔽小路的鬼魂。她现在是不是？……他沿着墙边的小路追过去。

　　"肖哥哥，我……"春云追在他身后叫喊。突然，那只幽魂般的鬼影将手臂高高举过头顶。月光照亮了她胳膊上银白色的长袖。马荣刹住脚，他不知道那个绝望不祥的姿势意味着什么。跟在后面的春云撞上了他的脊背。说时迟那时快，他头顶围墙边缘的墙砖砸落下来，正好落在他的脚前。

　　顿时，他一动不动地站在那儿，呆愣愣地看着堵住了小路的那一堆碎砖破石。

　　"出什么事了？……怎么？……"春云姑娘在他身后喘着粗

气问道。

"是冲着我们来的！"他嘶声说道，"站在这儿别动！"

他噌的一下爬上砖堆。到了砖堆上，他便摸到了墙体上方豁口处的粗粝边缘。他提身爬上围墙，跳进紫云寺的后院，恰好看见一道黑影消失在正殿的后门内。

马荣跑到门口，摔倒在地，迅速四肢并用地爬进门内。他挺起身，背部抵着后门右侧的墙壁，准备伸手抱住埋伏在此的那个黑影人的双腿。但是黑暗中并无异动。他小心翼翼地探查手臂可以触及的范围，但是伸出的双手什么也没摸到。大殿的另一头，他看得见微弱的光线，那里一定就是大殿入口的六扇隔扇门了。他再次闻到了前一天那种讨厌的，令人作呕的恶臭。大殿里能听到的唯一动静就是一只受惊的蝙蝠扇动翅膀的声音，凶手必定没能离开，还待在漆黑的大殿里。他们会在这里交手。马荣不无得意地想到，哪怕凶手有武器，他也占了先机，因为他曾多次在漆黑的暗处与人搏斗，了解所有打架的窍门。另外，多亏了之前来过这里的经历和春云的草图，他对大殿里的地形有着清晰的认识。

他小心了又小心，贴着墙壁往前爬，一寸一寸地往左边拐角前行，右侧肩膀蹭着墙壁表面的石头，浑身肌肉紧绷，随时准备出击，耳朵也竖得高高的，捕捉着对方可能暴露方位的声响。

到了墙角，一片布料突然触到了他向前摸索的左手。他向前一探，伸出修长的双臂搂住对手的双腿。但是他却什么也没搂到，反而把脑袋结结实实地撞上了墙壁。头晕目眩之中，就听得前方有快速行走的脚步声。接着便是铁器敲在石头上的当当声，这说明对方手中有一把剑。他纹丝不动地在地上躺了片刻，然后拿手在地上摸索着，明白过来是怎么回事了。原来。之前以为是对方身上衣袍的布料只是片沾满灰尘的蜘蛛网而已。

他的头还晕乎着，但他明白，他必须尽快离开墙角这地方。通往僧侣禅房的门离他可能并没多远。他沿着墙壁爬了一会儿，手指摸到了粗糙的木板表面。这是放武器的壁龛，是的，他摸到了两根粗木棍。那两只长戟还在原处。他现在知道敌人的手里拿的是什么了，是另一件鞑靼利斧。他嘴角一咧，露出个怪笑，觉得自己的运气不错。黑暗之中的搏斗，斧头起不到什么用处。反倒是长戟能起大作用。他知道怎么使用长戟：一根长戟有一丈多长，戟尖可以刺透皮铠甲，戟尖下左侧的锋利戟刃可以劈开头骨，戟刃右侧的可怕弯勾可以用来把骑兵从马背上勾下来，或者绊倒正在奔走中的士兵双脚。而他有两根长戟，一根可以用来搏斗，另一根用来试探和诱敌！他站起身，不发出任何声音地从壁龛中拿出两根长戟，将戟尖向上，握住木柄。他一动不动地站在那里，等着脑袋中痛苦的抽动消散，也设法辨认了一下自己所在的位置。他现在站在正门左侧那排石柱的最后一根旁边。他的左手边是供桌前的空地。他右手将长戟平举在身前，探查着前面的空地。证实前面没有危险后，他向左转身查探石柱和墙壁之间的狭小空间，也没有人躲在这里。他立起两根长戟，轻抬脚走到大殿中央，看着前方的殿门。

六扇长方形隔扇门板清晰可见。当然了，那个家伙也会避开石柱中间的大殿中心区域，免得被透过门板上棂格间的月光照得无处遁形。他一定是躲在殿门右侧石柱的旁边，即马荣的左侧。

马荣慢慢咧嘴笑了。

他一步一步地往左面走，直走到最后一根石柱前，正对着石柱前方站定，将左手中的长戟靠着石柱放好，然后两手紧紧握住另一根长戟，抬脚将前面放好的那只长戟踢出，这样躲在柱子后面的家伙就会跳出来，在殿门前现出身形。到那时，他就可以用手中还握着的长戟将其拿下。

忽然，他屏住呼吸。他似乎听到石柱另一头的微弱响动。一个巨大的黑影猛地向他扑了过来，撞飞了他手中的长戟并直冲隔扇门奔去。马荣伸手向前抓住长戟，但为时已晚，夺路而逃的身影已经抓不到了。他骂了一句，丢下长戟拔腿就追，黑影在门前稍作停顿，一件夺命武器呼啸着飞过马荣的头顶，落在他身后的地上，发出哐当一声。接着，那家伙踢开一扇门板。马荣飞身上前欲将他擒住，双脚却被地上的一根绳子绊了个趔趄，脸朝下跌在地上。待他爬起来急忙穿过殿门跑到前院时，只来得及看见从寺庙山门前一掠而过的人影。等他跑到山门，又听到沿着石梯下山的细微脚步声。那家伙跑掉了。

他恨恨地骂个不休，抹去脸上的血水，发现额头上鼓起了一个大大的肿包。他走进大殿，捡起长戟，带着股邪火，把六扇殿门上的隔扇戳得乱七八糟。这时他才看清，绊倒他的绳子原来是用结实的细绸布条做成的绳梯。绳梯一头挂着两个大铁钩，另一头则拴在最后一根石柱地上的鞑靼板斧，是刚才逃跑的那家伙向他甩过来的。

他从后门离开大殿。春云正蹲坐在围墙的豁口，双手提着灯笼。他爬上墙头，亲了亲她流着泪的面颊，帮她翻下围墙。

"那个狗娘养的逃掉了，公主殿下！你有没有看到一个鬼影？"

"鬼影？没有，我什么也没看见。我都吓蒙了！嗨，你的样子很糟！过来，我给你擦擦脸！"

"不用麻烦了。我先把你送回云隐寺，然后再最后一次试试，看能不能找到那个该死的女鬼。"

他伸出胳膊搂着她的肩膀，带她走回云隐寺。

"公主殿下，总有一天你会更了解我的！"说完，他将她推进门内，眼睛不经意间扫一眼师太的屋子。窗口已经黑下来，烛火熄灭了。

他把裤子提了提，回到之前见到小冯值哨的那片空地。他捏起手指放在嘴边吹出尖锐的哨声。可回应他的却只有猫头鹰的怪叫。他担忧地蹙起眉，点亮灯笼，开始对地面进行彻底的搜索，带着刺藜的枝条剐破裤子时，他恨恨地骂着。他知道小冯不会离他的岗哨太远。

费劲地穿过野蔷薇花丛，他来到一片空地，前面是高高的紫杉树小树林。正要穿过树林时，他的右脚陷进土坑，身子倒了下去，脸磕在一块圆形的石头上。

"这是今晚上的第三次了！"他一边爬起身，一边无奈地咕哝。他叹了口气，拾起灯笼，用火折子重新点亮灯笼。突然，他张大了嘴。他以为他磕到的是一块长满了苔藓的石头，可实际却是一颗被胡乱砍断的人头。

他腹中泛起一阵恶心。他将灯火凑近人头扭曲变形的脸部。随后他长长地舒了口气。

"感谢老天爷！"人头不是小冯的，他从来没有见过这张脸。

他仔细地看了看那个土坑，坑是新挖的，坑旁有一小堆土还是湿的。他再次敛目看向脚边那颗恐怖的人头。

"老天爷啊，这一定是杨牟德的脑袋了。凶手把人头埋在这儿了！可他为什么又把人头给挖出来了呢？"

他提起灯笼，看向紫杉树，却见树下的蒿草丛中躺着一个人，旁边是一顶被压坏了的衙差帽盔。马荣咬牙暗咒，俯身查看躺卧在地上的小冯，摸了摸他的胸口。好在小冯还活着。

马荣小心翼翼地挪了挪昏迷不醒的小冯的头，后脑勺上有个裂开的伤口。他在伤口周围探了探，用指尖轻柔地拨开沾了血水、有些凝结在一起的发丝。

"背后下手暗算。"他嘟囔着，"不过，他的头骨并没有被打坏。帽盔做得还挺结实的，虽然血流了一摊，很吓人。要是头骨被打坏了，那就没得救了。"他捡起帽盔。"是的，那该死的混蛋用鞑靼板斧袭击了小冯。帽盔救了小冯的命。时间紧迫，我必须立刻去找师太，借她的小药箱一用。"

他用砖头拍着云隐寺的庙门，拍了很久，门上的探视格栅终于打开了。他看到春云一脸惊愕地站在格栅后面，她身后是师太。他俯身从靴子里抽出自己的官差身份文牒，将文牒递到格栅前，对师太说道："师太，我是马荣，狄县令的手下。我在树林里发现了一个受伤的人，他需要立即救治！"

"开门！"师太对春云姑娘吩咐道。

进入院内，马荣向师太解释了一下情况。

师太面色严肃地点了点头，说道："幸好我在庙里备下了充足的药品。治病救人是我等出家人的本分。丫鬟会带你去灶房。灶房的竹篱笆可以拆下来做担架。她可以帮你把伤员抬到这里。她虽是个小娘子，不过力气很大。我来给伤员看伤。我先去厢房准备床铺。"

一到灶房，春云就两眼冒火地看向马荣。

"你个骗子！"她嘶声骂他。

马荣不知道该如何接受。关老爷弃他如敝屣了！他们谁也不吱声地拆掉竹篱笆。她斜眼看了他一眼，突然又说道："你是个有情有义的骗子！"

"太好了！"马荣笑得合不拢嘴，"你真是宽宏大量！不愧是公主殿下！"

狄公和洪参军在书房里核对兰坊县辖内的赋税文档。

"天啊，你出什么事了？"看到马荣额头上鼓起的大包，又见他身上破破烂烂、满是泥泞的衣裳，狄公惊呼道。"参军，给他倒杯热茶来！"

马荣感激地接过茶水，一口一口喝掉杯中的浓茶。接着，他便开始讲述，最后他说道：

"大人，师太手法娴熟地清理了小冯脑袋上的伤口。她是个了不起的女人，从头到尾都镇定自若。我们给小冯的伤口抹了药油，给他灌下了汤药，之后他便醒了过来。他说，他注意到紫杉林边空地上有被人挖过的痕迹，接着便发现了杨牟德的头颅。就在这时，他就被人从背后击倒了。师太让他服下了安神汤。我们离开的时候他已安然入睡。师太说，他若是今晚没有发热便能平安无事。"喝掉第七杯茶的马荣又接着说道："我还没有告诉捕头另一名衙役已经遇害。大人，我怎么忍心把这个坏消息告诉兄弟们呢？"

"马荣，吩咐捕头让衙差们到捕房集合。然后转告他们，就说我必将严惩凶手。另外告诉他们，为了他们的人身安全考虑，严禁将衙役被害的事情泄露出去。然后命令捕头带上担架去紫云寺带回衙役的尸首和杨牟德的首级。"

马荣点头应是出了门。狄公沉默不语，捋了一会儿胡须，随后对参军说道：

"一名称职的衙役丢了性命，另一名衙役受了重伤。我们收获了两条重要线索，但是我们付出的代价太大了，参军。"

他将手肘支在桌案上，目光无神地对着身前的赋税文档，陷入沉思。忽然，他抬头问："凶手为什么突然间如此急迫？他曾花费数月时间在紫云寺中耐心搜寻。而现在，短短两天时间内，他先是做下双重谋杀案，然后又欲两次置马荣于死地，杀死一名衙役，重伤另一名衙役！为什么突然这么急切？"

参军摇了摇头，干瘦的脸上满是忧虑的神色。

"大人，出于某种原因，此人开始绝望了。袭击朝廷官差可不是小事。所有人都知道，官府绝不会放过罪犯，并且案犯会被处以大唐最高刑罚，所以衙役们才会只拿一根哨棒就去上差。假如有人袭击当差衙役的消息一旦被宣扬开，大人，我担心所有捕快公差的安全会遭到威胁。"

"是啊，洪亮。我也想到了这点。所以我让马荣嘱咐衙役们千万莫要声张。"

狄公陷入严肃的思考中。

等马荣返回书房，狄公已经平静了下来，他挺直脊背，简短说道："黄金必定是被藏在高处，否则凶手不会带一副绳梯过去。现在，我们知道至少有三拨人在寻找黄金。这三拨人分别是组织了盗窃黄金行动的杀人凶手，半路加入的杨牟德和沈三，以及得到允诺、可以从沈三的分成中分走一份的丐王。我刚才也和参军推论过了，但有一点我百思不得其解。也就是说，凶手为何如此急迫。我在想，是不是还有一个我们完全不知道的人，一个跟黄金被盗全然无关的人插了进来。但这个想法是建立在毫无根据的直觉上的。最后，鬼影的问题。今晚之前，我一直都没把女鬼之说放在心上，只当是迷信之人的臆想捏造。马荣自己昨天也不能确定是否真的见到了她。然而今天晚上他看得清清楚楚，并且看到在暗害他的过程中，女鬼是主动参与的一方。所以从此刻开始，我们就应该将那个神秘的鬼影在案件中的作用充分考虑进来。马荣，你有什么看法？"

马荣心情低落地摇了摇脑袋。

"大人，不管那个女鬼是什么人，有什么身份，她和凶手都是一伙的。我昨天还傻乎乎地以为她将通往古井的暗道暴露给我是帮我一把。然而并不是，她只是为了诱我进入偏远的花园角落，凶手正在那边的围墙豁口等着我。见我下了井，他们觉得让我死在井里可以免去他们处理尸体的麻烦。今天晚上，那个可恨的女鬼又在鼓动我往前走，弄得我的注意力全到了她的身上，于是我便忽略了凶手正在晃动本就不稳当的半面围墙。然而，女鬼出了娄子，她突然挥手对同伙示意我到了埋伏圈里。她的动作吓到了我，我停了下来。而我也因此逃过一劫——墙砖落下的距离与我相隔不到一寸！"

狄公点点头，他看了看自己的笔记，然后又问道："你能描述一下鬼影的模样吗？"

"呃，大人，我见过那个鬼影两次，两次都相距很远。只是匆匆一瞥，月光也不亮，她穿的是薄纱长袍，我想，脸上也围着同样的布料。她的个子很高，这点我能肯定。"

"马荣，你能确定那个鬼影是个女人吗？"

马荣捻着唇边的小胡须，犹疑不定地说："大家提到她的时候说的都是白衣女人……还有她穿着长裙，不过这当然不能证明什么，男人也能穿女人的衣服……呃，当然还有体形。胯骨宽大，肩很窄。我看没看到她的胸部呢？看到了……还是？……"他郁郁不乐地摇了摇头，"抱歉，大人！我真的不太清楚！"

"别担心，马荣。最主要的是，我们知道了这是个肉血凡胎的寻常人类。嗯，马荣，当务之急，明天你最首要的事情是去云隐寺看看小冯的伤势好转了没有。吃完早饭我们再到书房来。我们必须有所行动，而且动作要快。凶手已经走投无路，他随时可能孤注一掷。洪亮，打开窗户！屋里越来越闷，恐怕不久会有暴雨。到了这个节气，雨水可能会很猛烈。我还要在这里待一会儿，理顺我的思路，你们各自安歇去吧。"

十八

　　来势汹汹的暴雨在黎明到来前的几个时辰里慢慢减弱了势头。雨后空气清新，狄公由三夫人相陪在花园散着步。天气微凉，荷塘上笼罩着轻薄的雾气，粉色、白色的荷花一夜间忽然竞相绽放。狄公决定在水塘上的凉亭里用早餐。

　　他们静静地吃着饭，享受着清新的空气和美妙的景色。饭后，他们站在红漆围栏前，用吃剩的饭粒喂着池中的锦鲤。看着鱼儿们从巨大的荷叶下快速地游来游去，三夫人说道：

　　"您昨晚回来得特别晚，而且睡得也不好，一直翻来覆去的。有什么不好的消息吗？"

　　"是的，有个衙役殉职了，撇下了妻子和两个稚童。还有一个衙役受了重伤。但我相信，惨案不久就将真相大白。只差最后一环了，我希望今天能有所发现。"

她一直陪他走到花园门口。

马荣和洪参军已经在他的书房等候，他们向狄公道声早安。马荣开口说道：

"大人，我刚从云隐寺回来，小冯恢复得不错。师太认为再有十来天他就能复原。她提出来让小冯留在庙里养伤，等到完全康复再离开。"

"这真是个好消息！"狄公说着，在桌案后的椅子上坐下。"是的，小冯暂时留在云隐寺更为妥当。好了，昨天晚上我又把案子的方方面面给捋了一遍，我决定今天先去荒寺再搜查一遍，然后再找丐王和他的女儿，做一个深入的讯问。"

马荣在椅子上扭来扭去。他清了清嗓子，说："大人，和您说实话吧，我发现春云有时候会做望风人，给他父亲手下的那些三只手乞丐打掩护。"

"看到她画出来的紫云寺平面图时我就想到了。"狄公淡淡地说道。他拉开抽屉，将图纸拿到桌面上展开，又说："我必须得说，这对我辨明寺里的方向非常有用。"

马荣站起来俯身看向桌上的图纸，语气急切地说："我可以在图上向你们演示昨天晚上我是怎么费尽力气抓凶手的。你们看，我进入后院的豁口在这里……我从这扇门溜了进去，然后……"

他一步步地讲述着黑暗的大殿里和凶手搏斗的情景。狄公心不在焉地听着。他手指划过长须，眼睛直勾勾地看着平面图。

"接着，我的脚就被该死的绳梯绊住了！"马荣在一旁喋喋不休。"绳梯在这个位置，就在这里。于是——"

狄公忽然握手成拳砸在桌上，以至于茶杯都被震了起来。

"苍天有眼！"他叫道，"原来是这么回事！为什么我就没有想到呢？上次去紫云寺时我还对寺内的布局说得头头是道，可是却没能注意到其间的相似之处！"

"什么……"洪参军问道。

狄公将椅子向后推了推，站起来。

"等等！我得把思路顺一顺。多亏了春云姑娘的一双巧手，二位，我找到缺失的环节了。我们来看看这个环节必须安在什么位置……是的，到最后，所有杂乱无章的信息终于拼凑出了具体明确的图形。可是……"

他不耐烦地摇了摇头，双手背在身后，开始在屋内踱来踱去。

马荣心满意足地微笑着。早上去云隐寺时，他找个机会和春云单独说了小半刻钟的话。他觉得她似乎并不反对成为他的相好。显然她给狄公提供了一个重要的线索，也许能让她之前对狄公的小小冒犯被忽略。洪参军脸上也露出了愉悦的神色，长久以来的经验让他觉得：案件到了转折的时候。

走廊上传来又快又重的脚步声。

捕头急匆匆地走了进来。

"大人，北寮的里正有急报！"他喘着气说，"那里出了大乱子。鞑靼人正在向神婆扔石头要砸死她。里正的手下去制止时，却遭到那些暴民扔砖头、丢木棍驱赶……"

马荣探询地看了狄公一眼，见狄公点头，他一跃而起，抽走捕头插在腰带间的藤鞭，跑了出去。

马厩外的马场上，两名马夫正在给一匹马刷毛。马荣跳上没有安置马鞍的马背，骑马穿门而过。

他在大街上纵马狂奔。听到马蹄嘚嘚的声音，看到有人骑马逼近，路上的行人纷纷躲避。北寮的街道上空空荡荡，显露出不祥的气氛。越过前方低矮的屋脊，马荣看到盘旋而上的烟尘，耳中听到了模糊的叫喊声。

一群人堵在塔拉住的街道，也挡住了他的路。几十个鞑靼人挤挤挨挨，嘴里叫骂着。三个天竺人向屋顶抛掷熊熊燃烧的火把，街对面房屋门口的邋遢女人们欢呼雀跃。马荣挥鞭朝离他最近的鞑靼男子满是汗水的裸背甩去，骑马从他们中间挤出一条路来。人群愤怒地叫嚷着转回头看来者是谁，认出是穿着公服的衙差老爷后，他们全都退后不吭声了。

马荣跳下马，奔向躲在门边土墙根下的女人。塔拉的长袍已经被撕成条，上面浸满了血。她捂着脸，两条雪白胳膊上全是丑陋难看的伤口，身边落了一圈棍子石头。马荣屈膝蹲在她身边。这时，一块砖头飞过他的头顶，嘭的一声砸到了土墙上。他回过身，见一半裸的鞑靼人正俯身捡拾砖头，便疾如闪电般飞身扑去。他伸出左手抓住那个男人的长发，拿粗重的鞭子手柄狠狠敲了下他的后颈。接着，他将那个瘫软下来的身体扔下，对着人群大喊：

"提水灭火！你们想把所有的房子都烧光吗？"

塔拉已将捂脸的手移开，上面一道伤口穿过眉骨，左侧的脸颊被砸得血肉模糊。

"我抱你上马，带你去……"马荣对她说道。

她用剩下那只鲜血淋漓的眼睛看向他。

"把我的尸体……烧掉。"她低声说。

突然，一阵哗啦啦的声音传来，伴随着人群惊恐的尖叫。

塔拉家的房顶塌了。怒目金刚的巨大脑袋露了出来。金刚赤红的面庞在周围蹿升的火苗中显得愈发狰狞恐怖。

马荣将神婆打横抱起，避开从房上掉落的木块。他看到她流着血的嘴唇在翕动。

"把我的骨灰撒掉……"她说，声音小得几不可闻。她的身体在抽动，随后在他怀中软了下来。

他将这个死去的女人放上马背。之前被他打倒的鞑靼人也被其朋友们带走了。其他人惊恐莫名，卑躬屈膝地跪在塔拉家的房子前。神像正在燃烧的脑袋狞笑着看向他们。

"起来去灭火，你们这些蠢汉！"马荣冲他们吼道。

他便跃上马，带着死去的女人一起回了衙门。

狄公收到消息后神色镇定。他冷着脸看了洪参军和马荣一眼，说："塔拉是个神婆，从她踏入这一行起，就注定了有这份报应。我命令，官府对番邦异族之间的宗教争端不要予以干涉。至于她的尸体，我们应当按照她的遗言立即火化。"

这时，县衙正堂门前大锣的铿锵声响打断了他的话。锣声响起的时候，狄公想到佛寺里为逝者做法事结束时敲响的锣声，正是催促亡灵速去转世投胎的锣声。

"要升堂了。"他说，"马荣，你最好先去歇息一下。下午我们要去紫云寺搜查，洪参军，你陪我去审案。我担心又要审理很长时间。因为高罗两家的案子进入了复审阶段，罗家想呈上新的证据。退堂之前，我将宣布释放无赖阿刘。洪亮，去把我的官袍取来。"

发出火化塔拉尸体等一系列命令后，马荣直接走回了差房。他剥光身上的衣服，蹲到角落里的石板地上，让两个守门的皂隶提桶往他的身上浇凉水。冲完澡后，他回到小阁楼上，浑身赤裸着，也不穿衣服，便往简易木板床上一躺。前一天晚上在荒寺里过了劳心劳力的一夜，回来睡了没几个时辰，今天早上天还没亮就又去了云隐寺，此时他累极了。然而一闭上眼，他的脑海中便闪现出塔拉被砸毁的恐怖面容，随后又闪现出她赤身裸体地站在一堆骷髅上、站在他面前的样子……他低声诅咒着，来回翻着身，最后终于睡着了。一个梦也没有做。

一觉醒来，他觉得脑袋炸裂似的痛，往窗外瞥了一眼，见早已过了午时。他迅速穿戴整齐走下楼。在门房里端着冷面大吃的时候，一名衙役过来给他报信，说主簿已经从同康返回，刚刚进了县衙，正往狄公的书房走去。

马荣放下饭碗，急匆匆赶往内衙。

狄公坐在桌案后，洪参军立在他身侧，老主簿坐在他们对面的椅子上。看到桌上排列了许多整齐的、纸条大小的札记，上面还有眼熟的狄公草书手迹，马荣吃了一惊。排列在札记最上面的是用来装订文牍档案的硬卡纸。他想要为迟来道歉，但见狄公抬起了手道："你来得正好，马荣，正赶上听主簿同康之行的汇报。"他转身对老主簿说道："你接着说。"

"大人，卫府的将领好心让我加入了他们的队伍，所以从同康回来的路上很轻松，而且脚程也很快！最后一段路我是跟着贩茶的商队骑马回来的。我们整晚都在山里赶路。下暴雨的时候，我们很幸运，在靠近兰坊的山上找到了砍柴人的小木屋避雨。后来——"

"一路风尘，你辛苦了。"狄公插口道，"先把你在同康了解到的情况简要说一下。稍晚你歇息好后可以写一份详细的报告呈交。"

"多谢大人。我从头开始说吧。同康县衙的六曹主事殷勤接待了我。他们在驿馆中给我安排的住所舒适无比。"

"我会致函同康县令，感谢他的盛情帮助。户部侍郎在同康逗留期间的情况，你了解到了多少？"

"大人，同康的六曹主事们将我引荐给了受命照顾侍郎起居的书吏。他告诉我，他的活计非常轻松，因为经过长途跋涉，侍郎到达同康时已是疲惫不堪，且拒绝了县令的宴请。书吏送晚饭到侍郎房中时，侍郎请他找一个皮匠，说他的皮箱裂开了。皮匠走了之后，侍郎便入睡了。他没有再接见其他访客。第二天一早，他就离开了同康。"

洪参军递了杯茶给主簿，主簿向他欠身致意。喝了口茶后，主簿继续说道："同康县的捕头替我找到了那个皮匠。该皮匠姓刘，上了点年纪，说话啰里啰唆。他一开始做的是金匠，但后来眼神不好了，就转行做了硝皮子的匠人。他对拜见侍郎的经过记得很清楚。因为在那之后，过了没几天，他就听说侍郎的黄金被窃，而且——"

"是的，是的，显而易见。他们见面过程中都发生了什么事？"

"是这么一回事，大人。侍郎令皮匠进了卧房，把有裂缝的皮箱指给他看。刘皮匠查看之后告诉郎中，皮箱很结实，不用担心会崩开。侍郎明显松了口气，给了刘皮匠不少赏钱。刘皮匠见侍郎言语亲切，就奉承侍郎说他戴的金饰做工精致，还说自己以前是个不错的金匠。侍郎听他这么一讲，就说还有活让他干。他从袖子里掏出一把纹路非常复杂的钥匙，打开了有裂缝的箱子上的锁。侍郎是背对着刘皮匠的，挡住了他的视线。但刘皮匠从桌上的衣帽镜中看到箱子里装了满满一箱的金锭。侍郎合上箱子转过身，手里拿着一个金锭。他对刘皮匠说，手里那个金锭太长了，之前他不得不把金锭硬塞在衣箱的最上面，他还说可能正是因为如此，箱子才会有裂缝产生。他问刘皮匠能不能将金锭切成两半，但是不能切下任何的金屑。刘皮匠的工具包里正好有一把切金锭专用的锯子。他切开金锭后就直接离开了，大人。"

狄公看了一眼他的两位属下，眼中别有意味。他问主簿："刘皮匠将他的发现都告诉过谁？"

"哦，大人高见！几十个人不止！那一晚金银行会恰好举行集会，有很多金银匠人参加。刘皮匠在聚会上说了这事情。普通人很少听说押运大宗黄金的事情，他们乐此不疲地猜测，户部侍郎为什么携带这么多的黄金前往边境，凭空编造了很多故事。"

"你的差事办得很好！歇息好之后，你最好翻阅一下昨天和今天的堂审记录。高罗两家的案子又出了变故。"

"大人，我的确想看一看堂审记录！"老先生迫不及待地说，"是的，我怀疑两家都在暗中耍什么把戏，特别是高家！三表弟续弦之事中有模糊不清的地方。另外——"

"两份记录都在这里。"狄公急忙对他说，"我明天会继续审案。"

老主簿郑重地将两份卷宗夹在胳膊下离开了。

"侍郎犯了一个根本性的错误。"洪参军议道，"他从箱子里取出金锭的时候，应该让刘皮匠离开房间，回避一会儿。"

"理当如此。"马荣插嘴言道，"但是这些消息并不能让事情有什么进展。我们怎能知道是行会中的哪个人将消息带到了兰坊呢？可能是他的某个朋友，也有可能是——"

"这无关紧要，马荣。"狄公打断了他的话，"关键点在于，我们现在确定了秘密是如何泄露出来的，确定了秘密在侍郎到达兰坊前就已经为人所知，确定了金匠银匠圈子里的人也知道了这件事情。我需要确定的是这些。"

"大人，我们现在还去紫云寺吗？"马荣问，"山上有六个衙役，一想到黄金还在某个地方藏着我就坐不住！"

"不，马荣，我们现在还去不了紫云寺。主簿来之前，我正在和参军说我对案件脉络的揣测。这个揣测需要对所有已知的证据再度进行仔细的研究，特别是对日期要痛下功夫梳理一遍。马荣，日期在我的揣测中至关重要。你看到我面前这些札记了吧？我将札记中得出的结论都总结在了最上面这七张纸板上。每张纸板上我都写了一个人名，以及相关的重要事件。然后这些札记就用不上了。"

狄公拉开抽屉，用袖筒将札记都扫了进去。

"现在，我们一起来研究下这七张纸片。主簿来的时候，我将纸片翻了过去。那位老先生的眼神犀利得很！你们可以看到，每张卡片都有一个凶手嫌疑人的名字。"

十九

狄公端坐在椅子上，双臂一抱，继续说道："在解释为什么怀疑这七个人是单独作案还是合谋作案之前，我必须告诉你们，案子只有一个。前天，天啊，时间仿佛离现在已经过了好几年！我以为我们有三个完全扯不上关系的案子。其中两件可以追溯到一年前，一件是户部侍郎黄金被盗案，一件是署名为玉儿的神秘遗书案。第三件案子发生于前天晚上，即沈三在紫云寺被杀案。后续的事态发展证明，黄金被盗案和紫云寺杀人案有关，而今天早上看到由师太侍女画出的紫云寺平面图让我确认，玉儿姑娘的失踪必定与紫云寺中发生的案件有关。两位，我们只有一个案子，但是这个案件衍生出了更多案子！所有的案件都肇始于侍郎黄金被窃案。围绕着五十个被盗的金锭，一张爱恨痴癫、人心复杂多变的大网就这么织成了。再给我续杯水，洪亮！"

狄公三两口喝光杯中茶水，然后在抽屉里搜寻一番，拿出张纸。

"不久之前，我将案件中与重要线索相关的日期记录了下来。我抄录了一些在纸上。你们看看！"

洪参军和马荣拖动椅子，靠近桌案，去看狄公写在纸上的内容。

十五年前（岁在辛卯）
官府查封紫云寺
云隐寺落成，由抛弃新教派的方丈和师太执掌

去年（岁在己巳）
五月十五，吴刺史与吴夫人成婚
八月初二，户部侍郎黄金被盗
八月二十，节妇常氏任云隐寺掌门师太
九月初六，明敖失踪
九月初十，玉儿姑娘失踪
九月十二，玉儿遗书的落款日期

马荣看完后抬起头："大人，这个明敖是何许人？"

"你可还记得，前天洪参军和你说过他查阅了失踪人口的文档？这个叫明敖的是个铁匠，他的兄长报案说明敖自从九月初六晚上出门后就再也没回去过。现在，李劢告诉我们，吴氏一年前

和一个铁匠姘居，但铁匠离家出走了。今天下午，我让洪参军悄悄问过明敖的兄长。洪参军从他口中得知，如今的吴氏确实跟明敖住过一段时间。明某是个开锁高手，也是个手艺精湛、小有名气的铁匠。但他是个窃贼——和李劢对我们描述过的吴氏之前的姘夫正好吻合。总之，这些日期和人名非常重要，你们要牢记在心！"

他俯身向前，翻开第一张卡片。

"我在这张卡片上写下的是致仕刺史吴崇仁的名字。吴刺史为官已久，一直是个端方秉正之人。但暮年时，在家财耗尽之时又娶了吴氏这个恶女人，之后他的性情就变了。你们看，这第二张卡片上便是吴氏的名字。我将她的卡片和他夫君的放在一起。你们要明白，这对夫妇有着绝佳的地位优势，可以获悉从同康传来的有关黄金的消息。吴刺史经常去李劢的钱庄，而吴氏的姘夫又是个铁匠。听到来自同康的消息后，他们意识到下半辈子衣食无忧的机会来了。吴氏与她的前姘夫接洽，于是明敖盗走了黄金并用铅块做了替换。调包的做法可能是吴刺史提出来的。明敖拒绝透露藏匿黄金的具体地点。他是否是对自己的情妇另嫁他人而心生怨念呢？又或者是不是因为他仅仅想将金锭独吞下来据为己有呢？对于他的动机，我们只能靠猜测忖度了。不过，有件事是确定的：吴氏夫妇并没有对明敖的拒不合作置之不理。他们逼迫他说出秘密，也许还对他下了狠手。四天之后，他死了。他的尸体被藏了起来。最近，这对夫妇开始在荒寺挖地三尺地翻找。他们找了几个月，仍是一无所获。接着，第二件纠纷又来了。杨牟德从吴氏口中套出了黄金的秘密——种种迹象强烈表明，他们两

狄公细解卡片论案情（高罗佩 绘）

人勾搭在了一起——或许他是在跟踪吴氏的过程中得知的秘密。杨雇了沈三去勒索吴氏夫妇，而吴氏夫妇则将杨和沈三引到荒寺，在寺里结果了他们的性命。”

“如果这个推论正确，”马荣叹道，“那么吴氏就是那个该死的女鬼了！可是玉儿姑娘又当如何解释？”

“我想，玉儿发现了她父亲和继母杀害明敖之事后，他们决心将玉儿也干掉。她的继母厌恶她，而她的父亲因为她的死亡心生愧疚，愧疚之情长期折磨着他。昨天，吴刺史和吴氏的所作所为完全支持了这个推断。我的言论吓坏了这对犯下恶行、心中有鬼的夫妇：我有没有发现他们害死女儿的线索，我是不是要传唤他们、审问他们？他们认为，与其被动防守，不如主动出击。吴老先生来拜访我，而吴夫人则是去拜访三夫人，孤注一掷地试探我有什么发现，把水给搅浑。”

“然而，我的论证里有一个漏洞，这个漏洞也比较关键。那就是吴刺史完全有可能对你落井下石，也完全可能将紫云寺后院的破壁残垣推向你。但是我看不出这么一个年老体衰的文人如何能勒死杨某、刺死沈三，又如何拖动沈三的尸体，以及如何在黑黢黢的寺庙大殿里从你手下逃脱。你有什么看法呢，参军？”

见洪亮摇头不语，狄公继续说道：“我翻开的这第三张卡片上写的名字是钱庄老板李劢。他当然最有可能先听到从同康传来的消息。我们都知道，吴氏在与吴刺史成婚之前并没有像比丘尼一般过得清心寡欲。她也可能与李劢有奸情，明敖对此也许知情，也许不知情。而当吴氏对李劢情根深种时，李劢促成了她和吴刺史的婚事；没有什么比将情妇嫁给你最好的朋友更划算的事了！吴老先生想把他的女儿嫁给李劢。这就更好了！李劢可以一边娇妻在怀，一边又可以与自己的岳母暗通款曲。李劢和吴氏谋划出了明敖盗取黄金的方案。然后我之前提到的两个拦路虎出现了。明敖拒绝透露黄金藏匿在何处，他们杀了他。玉儿发现他们杀了明敖，又或者是她发现继母与人有奸情，她也因之丢了性命。吴氏厌恶玉儿，而李劢爱黄金更甚于娇妻在怀。至于紫云寺的双重凶杀案，李劢是个又高又壮的男子，热衷游猎。在漆黑的大殿里和马荣你正好棋逢对手！你有没有什么不同的看法，参军？"

洪参军适才便表现出强烈的怀疑，这时便说道："这个推论如何解释李劢抹黑吴氏的动机呢，老爷？他半路折返求见我们，向我们揭发了她的可疑出身。"

"这可能是个狡猾的障眼法，促使我们做出错误的判断。李劢很清楚，我们还没有找到一丝一毫证明吴氏有罪的证据。而吴氏说给三夫人的话也全是他教的。好了，我们现在有两男一女三个嫌犯了。第四张卡片上又是一个女人，我这就把卡片翻开并放到李劢的旁边。"

洪参军探身看去。看到人名时，他惊讶地张开嘴，惊呼道："师太！"

"是的，师太。要记得，她在新寡之前的丈夫是个金店东家，李劢是她丈夫的同行，她也许认识李劢。她和李劢有没有可能暗中有往来呢？官府的记录上显示，她的丈夫逝于己巳年正月，死因是心疾骤发。是不是因为他发现了他们两人之间的奸情后而被两人合力谋害了呢？我认为，常某的死因需要调查。不管怎么说，值得注意的是，黄金被盗和她做云隐寺师太这两件事情发生在同一个月——若是对荒置已久的紫云寺感兴趣，并且想不受干扰地在寺中搜找金锭，这个师太的位置实在是太合适不过了！最后，她预先知道了马荣你会去紫云寺查探。我在寿宴上亲口对她说过这话。而她离开的时间又非常早，最后一道菜上桌之后她就提出告辞，她说她的头疼病犯了。"

"所以她轻而易举且及时赶到紫云寺，将我引到枯井处。"马荣悻悻地说，"昨天晚上，她引我到快要塌掉的围墙下，想设圈套干掉我，当我在大殿里和李劢交手的时候，她则有了充足的时间返回云隐寺。但是玉儿之死又怎么说呢，大人？"

"和我之前推测的情况差不多。玉儿必定看到了他们杀害明敖。"

"师太也许很享受杀死玉儿的过程。"马荣急切地说，"她的侍女春云告诉我，这个残忍的虎姑婆特别喜欢用藤条抽她！但是玉儿之死的确切原因会是什么呢，大人？"

"据塔拉说，"狄公不紧不慢地说，"玉儿姑娘摔断了脖子。死亡日期是九月初十，即她失踪的当天。而根据黑檀木匣中的遗言，她死于九月十二或者之后。"

"她的求救信，"洪参军说，"说明她被人从九月初十关到了九月十二，什么吃的喝的都没有！"

狄公翻开第五张卡片。

"这张卡片上我写了画师李勃的名字。你们看，我把他的卡片放在吴氏和师太中间。放好了。李勃与他的兄长李劢一样，都有机会听说有关黄金的消息，因为那个时候他还住在钱庄老板李劢的家中。因此，他也可能见过明敖和后来成了吴夫人的那个女人。"

狄公将写有李劢名字的卡片挪向吴氏的旁边，看着两张卡片，他的脸上露出满意的微笑。"我必须承认，我很喜欢这两者的组合！确实非常喜欢。这个风情万种的女人嫁给了一个老叟，而这个风流成性的画师又痴迷于男女之情。两人又都是三四十岁的年纪。这两人一旦堕入情网，那就犹如老房子着了火，可比年轻时烧得厉害！"

"李劢也知道我要去紫云寺查探。"马荣嘟哝着说，"我在去往东门的路上见到他，还对他说过我的去向。而黑檀木匣曾经在李劢手中流转！此外，他还是个登山高手，是个难对付的家伙！难怪在大殿里我和他争斗时他总能不落下风，每次我差点抓住他的时候他总能脱身！"

狄公点头表示赞同。他将李劢的卡片向写有师太名字的卡片挪近。"这对组合，"他说，"明显就没那么引人注目了。但是我们要记得，李劢画的那些可怖的佛教形象极其传神。他一定对曾经摆放在荒寺中的原型做过仔细的研究，他有可能在寺中见过师太，师太在还是常夫人的时候就是个虔诚的佛教徒，肯定去过紫云寺。好了，轮到第六张卡片了。你们也看见了，我把杨牟德的名字写在了上面。"

"可杨牟德已然死了呀！"洪参军叫了起来。

"借用塔拉传教所讲的话来说，洪亮，我们不能忽视死者。我把杨牟德的卡片放在李劢的上面，然后我再把吴氏的卡片放到他的旁边，瞧！我们现在有了一对比吴氏和李劢貌似更为可信的嫌犯搭配！一个欲望得不到满足的风流女人和一个年纪小得多、更有活力的年轻学子住在一个屋檐下！她或许把黄金的秘密告诉给了杨，让他去做找出黄金地点的体力粗活。我们都看过杨的尸体，他是个身强力壮的人，可以轻松对付明敖和玉儿。"

"但是，后来杨牟德本人也被杀害了，和沈三一起！"洪参军持不同意见。

"千真万确！所以我才把杨牟德的卡片放在李勋的上方。因为自黄金被窃数月后，情势起了变化。吴氏爱上了李勋。她对杨牟德说，他们的关系结束，他可以不用管黄金的事情了。杨牟德却无法接受。他找到李勋，对他言明他一点也不在乎吴氏，但是他要一半的金锭。为了防备这对奸夫淫妇留一手，杨牟德威胁把一切都告诉给吴老先生，迫使李勋雇了他。然而，杨牟德很快便意识到，李勋这个人不可小觑，他决定想办法一个人找到金锭，这样所有的黄金就归他一人所有了。于是，他雇用了沈三这个地道的流氓打手帮他搜查紫云寺。在寺中，他们被李勋和吴氏合力杀害了。"

狄公收起六张卡片，半坐半躺地靠在椅背上。他洗牌一样洗着卡片，说道："当然还有其他的同谋可能，但在我看来，我们现在已经梳理出了需要顾及的主要嫌犯同谋。"

"老爷，您的书案上还有一张卡片。"参军说道。

狄公端正坐好。"啊，是的，第七张卡片！"他将纸片翻过来，上面一片空白。

他手持卡片，缓缓地说道：

"我曾经试着在上面写个名字，可是提起笔来却又拿不定主意。也许可以是那个紫云寺的幽灵女鬼。但是随后我又把名字涂抹掉了。这张卡片代表死亡。"

他把经过涂抹的卡片插进其他六张卡片中。重新洗牌后将一摞纸片扔进打开的抽屉。他抱着胳膊说道："以常理来说，经过最初艰苦费时的调查后，我们到了有一定收获的阶段。接下来，我们应该对所有嫌疑对象的往事寻根究底一番。通过问询家中仆役、商铺掌柜等等手段，查出他们在各起案件案发时刻身在何处，都与谁在一起，即使乔泰和陶干都在，一起参与调查，也要花上十天半个月，甚至是数月的时间。幸好，我们还有捷径可走。"他拿出春云画的平面图，用指尖点了点，说道，"多亏有了这份准确精细的图纸。今天晚上，我们可以做一次意义重大的验证。"

"半刻钟前，我让书吏送了两封信出去。一封给吴氏夫妇，另一封给他们的朋友，钱庄老板李劢。我请他们一个时辰后在紫云寺相见，我想在荒寺中告诉他们我对玉儿姑娘失踪案的调查结果。"

"那么李劢和师太呢，大人？"马荣问。

"我会亲自到云隐寺与师太会晤。我还想去看看小冯的伤势恢复得如何。总之，得去云隐寺一趟。至于李劢，马荣，你现在就去他家，告诉他我命你带他到紫云寺，因为我要给他看一些其他人没有看过的东西，并且征求他的意见。从后山的山路带他进入紫云寺，因为我不想让他看到我还有其他的客人。让他在紫云寺后山等候。我需要他在场的时候会通知你，然后你就从后面的小门领他进入大殿。"看到马荣起身欲走，狄公又飞快补充了一句："时刻紧密注意他，马荣！他是杀人嫌犯！"

"我会紧紧看牢他！"大个子郑重其事地说着，便走出了书房。狄公也站起身："来吧，洪亮，我必须赶在客人之前到达紫云寺。在试探嫌疑人之前，我想先验证我的推论是否正确。"

说，佛门净地也是作恶多端者的因果报应之地！"

师太没有什么意见。她低头颔首表示同意，然后将兜帽拉到头上，跟着狄公和洪参军出了云隐寺。

吴刺史正在紫云寺山门前来回踱步，双手背在身后，手掌有一下没一下地拍着。他身穿黑色圆领的墨绿色长袍，头戴一顶类似官帽的黑色高冠。他的夫人穿着深色长裙，头上围着黑色纱布羃簒，正坐在一块大石上。李劢李官人则站在她身旁不远处。

狄公郑重其事地将吴刺史和吴夫人引荐给师太，结果发现师太认识吴夫人，吴夫人曾有数次前往云隐寺进香拜佛。他们站在紫云寺的前院中间，礼数周到地相互应酬寒暄。两只大灯笼的柔和光亮照在灰色围墙上，使得院内少了一些阴森。这个凉气宜人的夜晚，若是没有山门附近的衙役和守卫，这里似乎正在举行寻常的聚会。

"通知得匆忙，非常感激诸位拨冗前来。"狄公对他们说道，"我想请诸位与我一起进正殿。到了殿内我会向你们解释为何请你们来这里。"

穿过前院，主殿六扇殿门全部大开。进入主殿，里面火炬明亮。墙上原先安放火把的孔槽现在都已经被利用上，火炬也已经被点燃。走到主殿后方的供桌处，狄公心想，当初四周墙壁挂满了佛像画卷、供桌上摆满鲜果祭品的时候，这座大殿定然是一派宝相庄严的气象。他站在供桌前，背对供桌，示意吴氏夫妇走上前来。接着，他又请师太站到他们的右侧，请李劢李官人站到吴氏夫妇的左侧。同一时间，捕头已经到了供桌左边站定，班头到了供桌右边。他们全身紧绷，注意力高度集中。洪参军则和六名衙役站在几人的身后，即两排柱子之间。

狄公面色阴沉地扫过面前的四人，缓缓地捋着又黑又长的须髯。然后，他一脸沉重地对吴刺史说：

"我不得不抱憾地告诉您，令爱玉儿已经不在人世。她就是在这座大殿里丢的性命。"

说完，他往左侧快速一闪，经过捕头身边时，大喊一声："搬开供桌！"

捕头用双手抓住用作祭坛的供桌左边，班头也同样抓住供桌的右边，狄公紧紧地盯着供桌前的四个人，观察他们的表情动作。吴氏夫妇面色疑惑地互相对视了一眼；李劢则扬眉看着狄公；师太仍笔直地站着，用一双茫然的大眼望向捕头和班头。他们将供桌倾斜放倒，倾斜到一定角度时却又停住不动了。

过了片刻，这令人手足无措的片刻，狄公对捕头说道："可以了！"

两人将供桌扶回原位。狄公又站回之前在供桌前的位置，再次对吴刺史说道：

"吴老先生，令爱对杨牟德情根深种，但你莫要因此而怪罪她。她在最需要引导的年纪失去了母亲，而过多的学识使她耽于才子佳人的幻想不能自拔。她很容易倾心于杨这样的风月老手，吴老先生，她心中有了杨的一席之地。在那个悲剧的晚上，她向您坦白之后就跑出了家门，不是去了她姨母家，而是一路奔向了这座荒寺，因为她知道，杨经常来这里。她想告诉杨，你不同意她嫁给杨，她想和杨商量该怎么办。然而，杨那一晚上并不在寺内。她见到的是另一个人，那人是个杀人凶手，他当时正在查看

狄公邀吴刺史等人来到紫云寺大殿（高罗佩 绘）

他所犯罪行的后果。"

"大约一年前，即己巳年八月初二，户部侍郎的五十个金锭被盗一案就是此人谋划的。他雇了一个叫明敖的技艺娴熟的铁匠兼锁匠，潜入侍郎下榻的驿馆，盗走了金锭。"

吴夫人发出一声压抑的呼喊，但很快用手捂住了嘴。她的夫君诧异地看了她一眼，走过去问了她几句。不过狄公抬手制止道：

"吴老先生，您不必诧异。在你和吴夫人成婚之前，她的日子过得艰难。她一度熟悉明敖的事情。明敖的兄长向衙门报案，说他九月初六便不见人影。这是黄金被盗之后的第三十五天，令爱失踪的前四天，吴老先生。明敖的雇主命令他说出黄金在荒寺内的藏匿之处，但是明敖藏得很巧妙，因为他是个技艺精湛的锁匠，对墙壁上的隐秘暗格、经过伪装的藏物之处和所有这类的机关门道通透得很。他觉得，策划者答应给他的份额太少了。他应该得到更多，于是他拒绝告诉策划者金子具体藏在了什么地方。据我推测，策划者一开始做出了承诺，想让明敖告知金子在什么地方；承诺不起作用后，就用了威胁恐吓的手段，之后……"

"这些和我没什么关系，"吴刺史不耐烦地打断狄公的话，"我要知道是谁害了我的女儿，又是如何害死她的。"

狄公的视线转向钱庄老板李劢。

"凶手是令弟，画师李劼。"

李劢圆乎乎的脸庞刷一下变白了。

"舍……舍弟？"他张口结舌地说，"我知道他不是什么好人……但是老天爷呀！杀人凶手……"

"令弟，"狄公接着说道，"几年来一定经常来这寺庙研究佛像。由于种种机缘，他肯定知道了供桌下有一个很深的地宫。如你所知，绝大多数大佛寺都有一个类似的秘密地宫。在时局不稳的时候，地宫常用来保存寺中的珍贵物品。同时，地宫也是用来囚禁人犯的地方。李勣定是用计使明敖落入了地宫，然后告诉他，如果他不说出黄金藏在哪里，就活活饿死他。此事发生于九月初六的晚上，也就是明敖失踪的那一天。四天后，也就是九月初十，李勣打开了地宫。他把明敖关的时间太长了，明敖已经死去。到死他也没有将秘密说出来。吴老先生，令爱发现了站在地宫入口的李勣，李勣顺势将令爱也推了进去。他们的遗体都在地宫里。请你们所有人都往后退！好了，可以了！"狄公走到捕头的那一侧，干脆利落地吩咐道："打开地宫！"

捕头和他的帮手再次扳起供桌。明显可以看到，他们更加用力，将供桌从墙边一寸一寸地往外挪。挪了五寸左右的距离后，地上一块六尺见方的地砖突然翘了起来。墙角，以之前供桌在墙边的位置为轴心转动，一股腐烂的恶臭从黑咕隆咚的洞穴里飘了出来。

狄公打了个手势，捕头点好一盏灯笼，灯笼上拴着一根又细又长的绳子。他提着绳子将灯笼放进地宫。狄公示意吴刺史走到地宫洞口边，他们一起低头往下看去。

地宫的砖墙光滑，约有二十尺深。地宫底下有一堆无用的杂物，大大小小的木匣和木箱、几个陶罐，还有断成两截的烛台。狄公左面是一具女尸，尸体背部向上，长发铺开，如同头颅四周有一圈光晕。腐烂的褐色衣裙下看得出骨头的形状。地宫另一面靠墙的地方，有一具男尸。他脸向下，双臂摊开，在灯光的照射下，破碎的、粘满青苔的衣袖裂处看得见金条的闪光。

"我踩着绳梯进入了地宫。"狄县令说道。从捂住口鼻的围领后传出来的声音低沉含混："明敖尸体的正上方位置有一个建造得很巧妙的暗格。在地宫的最后一段悲惨时光里，明敖打开了暗格，被饥渴折磨得半疯半癫的他开始把藏在这里的金锭都掏了出来，塞到袖笼里。之后，金锭散落在地，他倒在金锭上咽了气。凶手推明敖进入地宫之前当然仔细检查过里面。这里显然就是黄金藏匿之处，但是凶手没能找到墙上的暗格。而他打开地宫发现明敖死了的时候也没有看见金条。我们站在这里往下看能看见金条是因为明敖的衣衫都已腐烂，被蠹虫咬烂了。凶手不知道黄金就在这里，于是在寺内开始了徒劳无功的搜寻。"

吴刺史踉跄着脚步往后退去，脸色灰败。

"我苦命的女儿啊，杀了他的冷血恶徒在哪？"他泣不成声地问。

狄公对捕头点了点头。他从狭窄的后门走出大殿。接着，狄公指向地宫的入口。

"如你所见，地宫门是由非常粗重的圆木做成的，上面还覆了一层泥灰，泥灰上又盖了一层石板。地宫门异常的重，一旦关上，哪怕有人重重踩上去，下面都不会有空荡荡的回音传上来。地宫门里面的那一面还有承重的横木。横木由两个楔子别住，保持着静止的状态。假如供桌歪倒，并和墙面保持平行地向前倒去，楔子就会松开。真是奇思妙想的工艺。"

捕头和一个高个子男人走了进来，马荣紧随其后。

那个男人一看到打开的地宫门和站在地宫门边的众人，赶忙抬起胳膊捂住了脸。然而为时已晚。

"杨相公！"吴夫人喊出声。"你——"

那人转身要跑，但是马荣抓住了他，并将他双臂反剪压倒在地，捕头拿镣铐过来锁住了他。

杨牟德高大的身躯委顿下来。他仍旧双目低垂地站着，脸上死寂苍白。

"我的兄弟李劢在哪里？"李劢吼道。

"令弟已死，李官人。"狄公缓声说道，"他犯下了两桩杀人命案。到头来自己也被他人所杀。"他向捕头做了一个有力的手势，捕头和班头一起将供桌搬回靠着墙的初始位置。地宫口的门又慢慢地合上了。狄公也回到之前站立的位置。

"李官人，你可以听一听事情的来龙去脉，我按照我的线索叙述。由于李劢已死，所以我说的话有一部分属于猜测。不过杨牟德可以填补我的空白。好了，我开始说了。李劢杀死明敖和玉儿姑娘后，开始在寺内搜索黄金的下落。他知道晚上经常会有三教九流、无处落脚的流民到紫云寺来，又因为搜索花园需要帮手，于是他找来杨牟德给他打下手。杨牟德，李劢是怎么对你说的？"

镣铐加身的杨牟德眼神恍惚地抬起头。

"他说紫云寺里的和尚藏了宝贝在寺里。"杨某咕哝着说，"我……我怀疑不止如此。我在李劢卧房的笔记中发现他在计算五十个金锭值多少钱。于是……"

"于是你觉得与其等李劢给你分成，还不如你自己将金锭找

183

到。"狄公打断他要说的话，"你雇了职业打手沈三，你们合伙将李勋引到紫云寺，并杀死了他。沈三从背后下手把李勋勒死，然后杨相公你执行了邪恶计划的第二步。等到沈三把李勋勒得断了气、弯腰放倒死者的时机，你抽出匕首刺入沈三后背。你为什么等了三十多天才动手杀死李勋？你又为什么前后两晚连续两次要置我的护卫于死地？你为什么不多等几天，等我们放弃搜查紫云寺？说，杨牟德！"

杨牟德嘴唇翕动，但是却什么也没说出口。

"说实话！"狄公大喝。

"前几天……趁着李勋出门，我又翻看了他的笔记。他有段时间几乎天天都去旧书店……最后，他终于找到了一百多年前紫云寺方丈写的一匣书信。其中有一封涉及地宫墙壁上的暗格。李勋又带回来一副绳梯……我的动作必须加快，我无法假冒李勋太长时间，顶多几天就要露馅，我必须快点拿到金锭，然后远走高飞……"

"等明天到了公堂之上，你要把你犯下的罪行交代个一清二楚。"狄公打断他的话，"捕头，将犯人带下去，叫六个衙役押他到县牢。吴老先生，昨天你问我对令爱失踪的调查有什么新线索提点了我。我贴出了布告，现在我可以回答你的问题了。我的手上有一张署名是令爱的纸条，上面说她被关在了这里，恳求好心人来救他。纸条被放在一个古董黑檀木匣里。木匣表面镶着一块碧色玉片，玉片被雕成了一个古篆'寿'字。有人在'寿'的上边划了一个'入'字。在'寿'字的下边又划了个'下'字。巧合的是，这个'寿'字的字形与这座紫云寺的平面图非常近似。'寿'字中间的长条形表示主殿，长条形旁边的曲线表示僧侣们所住的禅房。两个正方形表示两座佛塔。这个木匣正是因为'寿'字与平面图的相似之处才被选中，是对遗书字条的补充说明。遗书上点出了时间，木匣则指明了地点。而木匣上的'下'字是刻画在主殿的后墙的位置，则更为精准地指清了地点。很明显，这个'下'字指代的就是供桌之下的地宫。"

"小女一定是在地宫里找到的这个匣子。"吴刺史喃喃自语。"但她是怎么……"

狄公摇了摇头。

"吴老先生，木匣里的遗言虽然署名为令爱，但并非她亲笔。跌入如此之深的地宫，她摔断了脖子，当场就死了。木匣是个精心设计的圈套，与现在的案情无关。不过这个圈套帮我重现了犯罪场景。因为我的注意力转向了这里的地宫。木匣据称是在紫云寺后山一个兔子洞旁捡到的。说是兔子洞，其实指的是地宫通风井的出口。为了防止僧侣们迫于无奈不得不进地宫躲避几天的时候窒息而死，地宫里共有四个通风井，地宫的大罐子里还有水和炒米。吴老先生，我不应当再阻留您了。我会安排人妥善收敛令爱的尸骨并移交给您早日安葬。对她没能活下来我深表惋惜。然而苍天已经惩罚了害死她的凶手。由于令爱的失踪而让你产生的怀疑也可以打消了。"

吴刺史向他深施一礼，接着便转身往正殿大门走去。吴夫人跟在他的身后，但狄公很快拦住了她，低声对她说道：

"昨日你的夫君到衙门来并非是为了告发你，吴夫人。他是想保护你。现在你可以重新开始你的生活了。但是别再暗中寻欢作乐了，你也看到了，这种寻欢作乐让你死也死得不光彩。"

吴夫人点了点头，快步跟上她的夫君。

狄公走回供桌旁，看到站在那儿垂头盯着关闭的地宫门的李劢。"李官人，请你节哀顺变！"

钱庄老板向他行了拜礼。

"我为尚未过门的妻子哀伤，县尊。我曾经一直希望她仍活在这个世上。我也为舍弟深感悲痛，他的所作所为败坏了我李氏一族的名声。"

"李官人，本官对你坚定的信念和矢志不渝的忠心深表敬佩。"狄公肃容言道，"一个家族中能有你这样顶天立地的好男儿，哪怕历经磨难，也能无惧风雨，顺利绵延。"

李劢再次躬身拜过狄公，然后便穿过大殿，走向殿门。

先前，师太一直睁着大而无神的眼睛静观事态发展；此时她缓缓摇头，说道："紫云寺被邪门歪道的佛教仪式所亵渎，注定成了恐怖活动的场所。没有佛祖显灵，牛鬼蛇神、恶徒幽魂便占据了这里。我要立即准备做一场净化法事。告辞了，县尊。"

"马荣，护送师太回云隐寺！"狄公下令。之后，他回身对捕头说："你派四个人手去东门取竹梯、棺材、铁锹、铲子，再多找一些绳子来。我们先要把尸首挪出去，然后收好金锭，最后再将地宫清理干净。洪亮，我们先出去等着吧。这里的霉腐恶臭越来越让人忍受不住了！"

狄公坐在一块大石头上，身后就是写有"兰坊正堂"几个红字的大灯笼，洪参军则坐在一截木桩上。这时，外墙传来一阵嘈杂喧闹声。从东门跟着县衙队伍来到此地的乞丐和路人们刚刚心急地向押送犯人离开的衙役们打听过了，他们正都在忙着讨论案件的惊人转折。

洪参军放松地呼吸着新鲜的空气。他正在努力理顺一桩接着一桩，快得让人反应不过来的事件，但他还没办法整理出所有的线索。在他看来，狄公似乎有意留出了一些空白。不过最重要的是，狄公找回了侍郎的黄金！他微笑着，心中暗自得意。这自然能让都城里的宰相阁老们对狄公青眼有加，或许也意味着擢升到一个更好的职位，而非这个偏僻的边远县城！

"大人，您打算怎么运送这批官府的黄金呢？"他问。

"洪亮，我们先在这里用油纸包好金条，然后用我的官轿带回衙门。到了县衙，我们必须在可靠的见证人监督下，立即查验金条的数额和分量。"

说完，狄公便不再言语，双臂交叠在宽大的袖子里。他抬起头，望着夜空下完美对称的佛塔轮廓。洪参军若有所思地捋着稀疏的山羊须。过了好一会儿，他开口道：

"老爷，您下午把杨生的卡片放在了李勃的上面。你那时是不是就已经怀疑杨生在假冒画师李勃的身份了？"

狄公回头看了他一眼。

"是的，洪亮。我有所怀疑。令我印象深刻的是，尽管那位自成一派的画师能和我就绘画谈艺论道，相谈甚欢——任何一个文人雅士也可以——他竟然不能很快画出我定制的画作来。他的借口全是胡言乱语。能画出我们在他的画室里看到的那些杰出的画作，这个画家完全可以立刻动手画出边塞风光图来。他对这个题材了然于心，而且还能得到丰厚的报酬。此外，我从没听三夫人说过在兰坊买不到好纸。再有，我和马荣出其不意，登门拜访过他。我注意到，调色盘里的颜料已经干结，并覆了一层薄薄的灰尘。这证明，画家差不多有一天没有用过颜料了。马荣告诉过我，那些小酒店店主经常编瞎话。我得承认，尽管他说的话不无道理，但假李劢说杨牟德去喝酒的话本身就让我更加坚定了我的怀疑。最后，洪亮，便是过去三天来发生的奇怪的袭击事件。三个人被杀，还有两次试图杀死马荣的行径！我已经清晰地感觉到，案件中出现了新的变化。有一个从来没有出现过的人在追寻黄金的下落。出于迫不得已的原因，此人想尽快离开此地。这些都印证了李劢被人假冒了的推论。虽然画师和杨牟德的生活习惯出了名的与常人有异，但若是去问邻近的小店主或者小商贩，他的伪装有被撞破的风险。刚才，第一次尝试打开地宫门证实，吴氏夫妇、李劢和师太都没有嫌疑。之后，我就知道杨牟德就是我们要找的人了。"

洪参军不住地点头。

"要是知道脚下二十尺深的地宫口即将打开，而他正站在地宫口旁，那人得有远远超出常人的自制力才能不往后跳。"

"正是如此。唉！世事无常，无论是杨牟德还是李劢都没有打开过黑檀木匣，而我竟通过春云的紫云寺平面图发现了匣子的全部含义。更为离奇的是，杨牟德急于遮掩不能完成边塞风光图的原因，又想让我对他留下好的印象，告诉了我他是怎么拿到的黑檀木匣——他竟然从来没有怀疑过，这么一个轻飘飘的举动有着重若千钧的后果！真是一桩奇案啊，洪亮，实乃旷世奇案也！"

狄公摇了摇头，开始捋起颊边的长髯。

洪参军斜睨了他一眼，犹豫片刻后，他清了清嗓子，问道："老爷，你什么都解释了，但是独独紫云寺女鬼的事情例外。"

狄公从冥想中回过神来。他紧盯着参军，慢慢吞吞地说："紫云寺的鬼魂再也不会到处游荡了，洪亮。将那个鬼魂与这座荒寺联系起来的奇怪纽带、秘密，或是其他的什么东西已经被割断了。联系已经永远断开了。哈，马荣来了！"看他一脸垂头丧气的样子，狄公心中一紧，"是小冯的病情恶化了吗？"

"哦，没有，大人。刚才送师太回去后，我去看望过他，他恢复得不错。"

狄公站起来。"那就好。马荣，我们有很多事情要做。我们要回到正殿，打开地宫。衙役们很快就会带上要用的工具过来把两具尸体和金锭从地宫中取出。"

狄公穿过院子，两位僚属跟在身后。

马荣长吁一口气，"女人，"他语气凝重地对洪参军说："是最善变的东西。"

"本来就是如此。"洪参军心不在焉地说。

马荣伸出大手揽住他的肩。"参军，姑娘爱少年，从来如此。我算是吃一堑长一智了。可我这心里怎么就这么难受呢？"

洪参军突然想起受伤的年轻捕快看向春云的恋慕眼神，以及春云姑娘脸上突然升起的红晕。于是他了然地点了点头，快速向前走去。

二十一

　　兰坊县里德高望重的名士有四位被紧急召往衙门。当着四位名士的面，金锭被仔细称重并估算好价值。接着，这五十个金锭被分成五份，分别用油纸打包并密封后放到了刑房的库房内，由六名士兵彻夜看守。第二天早上，马荣会带着一队全副武装的兵丁护送金锭去往刺史官署。之后，刺史会将金锭妥善送到都城。

　　在写给刺史的公文上署名盖印后，狄公命洪参军将公文装进一个大大的公文袋中。因为紫云寺里有新的发现，由此产生的紧急公务处理完时，天已经到了深夜。狄公走到墙角的脸盆架前，用凉水蘸湿毛巾，洗了洗脸，擦了擦脖子。

　　"案件已经查清。"他对洪参军说，"明天早上的过堂我也不指望杨牟德会说出新的供词。我想他只会正式承认是他教唆沈三杀死李劼，又亲自动手杀死了沈三。害死二人后，他割下了他们的头颅，交换了他们的尸身，隐瞒文身上紫云寺的提示和黄金的线索。他完全明白，他已经穷途末路了，罪无可恕，没什么能使他逃脱律法定下的极刑。他被关进囚牢里时似乎异常镇定，已经听天由命了。"

狄公停了一下，从袖中掏出一把梳子，开始梳理两鬓和颔下的长须。他面色严肃地看了参军一眼，又接着说道："洪亮你也意识到了，还有一些细节的案情没有廓清。尽管我不认为官府还有必要再采取什么手段，不过，我有职责把这些细节确认清楚。马荣还在紫云寺忙着监督地宫的清理。如果你不是很累，我希望你可以和我一起去城里见个人。"

"大人，属下非常乐意陪您去。"洪参军语气平静地说，"因为我觉得这次拜访不会那么令人愉快。"

狄公无可奈何地微微一笑。这个洪亮，总是能猜中自己的心思！

"多谢你了，洪亮。我们这就出发吧。我们从后门走。到了街上雇个轿子。"

关帝庙前，轿夫们落下轿子。狄公掏钱给轿夫，洪参军则趁着狄公付钱的时候向坐在关帝庙门前宽大石阶上的两个路人打听，问他们去旧军营的私娼窠子怎么走。那两人一脸不屑，笑容嘲讽地告诉了他。

他们一起往那处贫民窟走去。一个正在街上玩耍的童子带他们走到一条曲曲折折、弯弯绕绕的巷子里，角落里便是旧军营。

此时，七歪八扭的旧军营木房子里的窗户都打开了。化着浓妆的女子们个个倚窗而立，手里挥着艳俗的绸扇，一边扇着扇子，一边莺声燕语，向过往的行人嗲声嗲气得招揽生意。然而街上的男人并没有注意到她们。他们三五成群地站在那里，讨论那座荒废的寺庙里发生的事情。之前跟随狄公一行人到了荒庙的苦力和叫花子们急忙奔回城里，散布了消息。

狄公认出马荣描述过的那扇拱形栅条窗，以及远处低矮、黑咕隆咚的门洞。看到这些，狄公想起了坟墓的入口。

一前一后，他和洪参军走下了陡直的台阶。

听过街上嘈杂的声音，地下室的绝对寂静便让人觉得不同寻常了。穿着黑衣的男子蜷着身子坐在窗台上，双膝上横放着一根竹棍，脑袋靠在竹棍上睡着了。地下室的尽头，丐王双臂抱头，烛火照着他硕大的脑袋，他似乎也睡着了。

狄公正欲向前走到木桌那里，头顶上突然响起颤动不安的声音。一个尖细的嗓音叫道：

"长胡子！大和尚！长胡子！快醒来！"

长竹棍扫了过来，划过一道吓人的弧线。

"你闭嘴！"狄公向那个没有头发的老头儿大喝一声。"我是县令狄仁杰！"

窗户上的男人缩了回去。身体虚弱地贴着窗户上的格栅铁条，吓得要死。

丐王已经把脑袋从桌子上抬了起来。他伸手指了指桌子前面的矮凳。

"坐吧，狄县令。你一定累极了，我听说你忙了一个晚上。"

狄公在竹凳上坐下，洪参军站到他的身后。狄公没说话，看了看对面的大个子。他面庞宽阔，满脸皱纹，眼神古静无波，额头很高。接着，狄公的视线又落到了桌面密密麻麻的复杂图案上。他叹了口气，揉了揉发僵的膝盖，他整个晚上一直在走路。

　　"请问找我有何贵干？"丐王声音低沉地问。

　　"你可以给我一些专业的建议，和尚。"狄公语气平和地回道。"你这个'和尚'的名字不是白来的，是吧？你曾经是一个真正的和尚。紫云寺的和尚。很久以前，密宗仪式在紫云寺盛行的时候就是和尚了。官府查封了紫云寺后，你又和一个师太建造了云隐寺。所以我认为你在寺庙建造方面是一个行家，和尚。"

　　大个子缓缓点了点头。

　　"是的，狄县令。那些说你聪明绝伦的人没有说错。狄县令，你不需要什么建议，不需要任何建议，也不需要我的建议。"

　　"我需要。你明白的，关于一些小细节上的。紫云寺地宫里的通风井都是装了格栅的，为了防止老鼠钻进去，对吧？听清楚，我说的不是兔子。"

　　丐王一动不动地坐在那里。宽阔无比的双肩似乎塌得更厉害了。他望着狄公，抬了抬眉峰散乱的灰色长眉，轻声说道："所以，你知道了。是的，狄县令，你是个聪明人。我之前就说过了。我不介意再说一次！"

　　"和尚，你忘了格栅是一回事，你还犯了另一个更严重的错误。你放在木匣子里的遗书行文错得离谱。一个又渴又饿快要死掉的姑娘怎么会在遗书上写下年份呢？我一下子就看出来这里出了大问题。之后，等我弄明白匣子上的玉片是暗示她被关的地方，我就知道遗书是一个骗局。就算玉儿在地宫的垃圾堆里翻出了木匣，就算她找到火折子点亮了地宫里的蜡烛，也没有谁会相信一个缺吃少喝、濒临死亡的冲动少女会想出这么精巧的谜语。"狄公指了指镌刻在桌面上的图案，继续说道，"这种谜语，只能出自一个整日里无所事事、沉溺于奇思妙想的怪诞脑袋。"

"狄县令，我为什么要伪造一个快死了的姑娘的遗言呢？"

"为了勒索杀死这姑娘的凶手。和尚，你手下的一个乞丐带着黑檀木匣去找李勋。你还让那个乞丐说匣子是在紫云寺后山的一个兔子洞附近捡到的。对凶手来说，兔子洞意思就是地宫的通风井，也是警告他送出匣子的人什么都知道。他的言行已经暴露，因为玉儿姑娘虽然落入地宫，但是却并没有死，还在濒死的时刻用自己的血写下了遗书，并且把匣子沿着通风井扔了出去。和尚，于我而言，这向我指明了另一件重要的事实，也就是说送出匣子的人知道凶手将玉儿推进地宫之后立刻关上了门，没有验证他这一推是否让玉儿丧了命。和尚，你告诉我，你是怎么知道这些的？"

对方并没有立刻回答，似乎恍了神。最后开口的时候，他的声音异常疲惫。

"塔拉已经死了，我也将不久于人世。我告诉狄县令你又有何妨？九月初十那天晚上，塔拉就在紫云寺里。大殿中央那朵莲花地砖象征着生命之源，经过无数祭祀而拥有神力。她和那朵神圣的莲花有着不可分割的关联。每个月圆之夜，她都会去紫云寺点燃圣火。塔拉看到那个小姑娘进了正殿便跟上了她。李勚当时正站在打开的地宫口旁。塔拉看见他将那个姑娘推进了地宫，并合上了地宫门。这一切都是塔拉告诉我的。她并没有问李勚为什么将那姑娘推进地宫。塔拉从来不提问题。"

"她昨天问了。"狄公说，"我的手下昨天去见她，从我的护卫口中知道那姑娘的名字后，她向她的神明询问那姑娘的下落，答案是玉儿初十就摔断脖子没了命。我今天晚上查看过尸体，这个答案果然不假。塔拉的神明还告诉她，她自己今天也会死去，而这也应验了。"

和尚慢慢摇了摇头。

"狄县令，塔拉是个强壮的女人，比我、李勚和杨牟德还要强壮。借由打通生死界限的奇妙仪式，她成了神明的妃子。狄县令，你问我为何伪造遗书，我将遗书送给李勚是为了吓唬他，吓得他把金锭给我，这样我就可以带着塔拉离开他。除了她的神明夫君，塔拉还属于我。"

"第二天我让心腹'斗鸡眼'，就是坐在那边窗子上的人去李勚家里，让他到我的地窖来。但是李勚显然没明白我的意思，因为他没有来过。"

"和尚，你不应该在匣子表面裹上一层泥浆。杨牟德走到门口买下了匣子。但是无论是他还是李勚都没有再看过匣子一眼。李勚把匣子和其他杂物一起卖给了一个古董商人。而我又从这个古董商人手里买下了匣子。一开始……"

"够了！别再说那只该死的匣子了，狄县令。让我们说说李勚吧。塔拉抛弃了他，就像一个人嚼完甘蔗吐出甘蔗渣一样将他弃之一旁。她选了杨牟德。前天塔拉来看我，说你要抓她，但是又说没什么大不了的，杨牟德现在已经知道金锭在哪里了；他已经杀死了李勣及其帮手沈三。她会和杨牟德一起逃到塞外。可到了逃跑的时候，由于她的族人要推翻她，而她的神明也告诉她，她的死期要到了，会永远成为他的妃子。她这次没有相信她的神明。她对我说这些的时候放声大笑。现在，她已经死了。笑到最后的是她的神明，狄县令，永远是神明。"他睁着一双大眼睛，茫然无神。突然，他飞快地瞥了狄公一眼："你是怎么处理她的尸体的？"

"我火化了她的尸体，将她的骨灰撒掉，这是她最后的愿望。"

对方伸出两只大手，手势绝望。

"那意味着我失去了她，永远失去了她。风会将她的骨灰从平原上吹散，到那时，她就会变成白度母，浑身白皙，一丝不挂，骑在一匹黑色的骏马上。身边是她的那尊红色的神明夫君，在天地间奔跑遨游。风刮过大漠荒沙时，他们会一同乘风而行。当鞑靼人听到她的长吟时，他们会在帐篷前伏身拜倒，念诵经文。狄县令，你不应该撒掉她的骨灰。"

"大唐律法规定，"狄公干咳一声，说道，"若无亲属认领，死者的骨灰会被撒掉。"

"狄县令，你不相信我刚才说的话，是吗？"

"我没有什么相信不相信的。你问的问题没什么意义，和尚。说吧，紫云寺里的黄金是从哪儿来的？"

"我一无所知。塔拉倒是知道，但她从来不告诉我。肯定是去年有人藏在那儿的。我在紫云寺的时候还没有黄金。"

"明白了。李劭和塔拉是在紫云寺幽会的吗？"

和尚很久都没有吱声，硕大的脑袋低垂着，手指在桌面的图案上毫无目的地来回抚摸着。终于，他开口说道："李劭是个博学之人，绘画大家。但他还想知道更多，想知道他不该知道的东西，一些聪明如狄县令您这样的人也最好不要知道的东西。所以我只能挑一些能说的告诉你。二十年前，我四十岁，塔拉二十，我们是紫云寺的大法师。五年之后，官府查封了紫云寺。我们假装背弃了原来的教义，暗地里却在云隐寺里继续传教。由于我们对所有的典籍都精通娴熟。人们对生命的起始和终结缺少更好的认识，但是我们知道，我们知道得太多了。然而，狄县令，我们不知道的是，人的生命是循世轮回的，从来如此。你以为你已经抵达生命的终点，即将步入最终的大千世界，结果你却突然发现你又回到了曾经开始的地方。塔拉是最高级别的佛母，知道所有的秘密。于是她爱上了李劭，离我而去。"

陡然间，他哈哈大笑起来。笑声回响在空荡荡的地下室里。窗子上的男人开始躁动不安，上蹿下跳。和尚敛声静气，郑重其事地说："你没有笑，狄县令，你做得对。因为更大的笑话还在后面呢。你觉得我是密宗双修功法的高僧，会对她的行为一笑置之，继续我的修行，是不是？不！狄县令，她从云隐寺搬去城里时，我苦苦哀求她不要离开我。不要脸皮地苦苦哀求！"他以非凡的毅力，用强劲有力的胳膊支撑着站了起来，大叫道："现在笑吧，狄县令，笑话我啊，笑啊！"

狄公起身，看到他焦灼、复杂的眼神。"和尚，我不清楚塔拉对你的感情，但我清楚她仍然爱着她的女儿。昨天晚上，她引诱我的护卫到后山杨牟德埋伏的地方，准备推倒快要坍塌的墙体砸死他。千钧一发之际，她突然看到了跟在我的护卫身后的您的女儿，她报警似的挥舞手臂。这个疯狂的举动吓了我的护卫一大跳，他停了下来，也因此挽回一命。"

和尚将头扭向一边。

"我曾经希望，"他低声说，"塔拉拿到黄金后可以像抛弃李勣一样抛弃杨牟德。我也希望到时候可以助她摆脱她可怕的神明夫君。尽管我的生命火花已经熄灭，我仍然熟悉命名仪式，仍然知道那些无法说出口的咒语。"他深深地叹了一口气，呼出胸中块垒。"是的。我曾希望她能摆脱神明的束缚，带上她和我们的女儿出塞回到族人们中间，到辽阔的草原上再次骑马狂奔，挥鞭纵马，在清冷的大漠上尽情驰骋！"

"我记得，"狄公徐徐言道，"我跟杨牟德说过一个故事。一匹马从马队中脱离，在草原上游荡，自由自在，无拘无束，但是终有一天它会感到孤独和疲倦。那时候它会发现，它已经孤立无援，迷失了方向——大风已经将车辙的印记吹散，马车已经消逝在视野之外。"

和尚似乎正神游天外，没有听到他的话。再次开口后，他的声音柔缓了许多。

"没有了神明的庇佑，塔拉就会像我一样变成一具行尸走肉。尽管神明让我们挥霍着神力，但是消耗的神力不会再回来。即便如此，两个一无所有、互相爱着对方的老人至少可以一起走向死亡。既然我已经失去了塔拉，我就不会独活。我不久就会随她而去。"他的声音很低，几乎听不见。他抬起头，声音嘶哑地轻道："……夜已深，狄县令，您该回去了，除非您觉得您要把我抓起来，或者要我写下认罪的供词。"

狄公站起身。他摇了摇头，说道："案子已经查清了，和尚，不需要再做什么，也不需要再说什么。什么都不需要了。告辞。"

他走向台阶，洪参军也跟在后面。蹲在窗户上的小个子男人已经将破烂的黑色袍子盖在身上，缩着肩，低垂着光光的脑袋睡着了。

远处传来一只受惊公鸡的打鸣声。